华东师范大学出版社六点分社　策划

轻与
FESTINA

姜丹丹 何乏笔（Fabian Heubel

隐匿的国

［法］伊夫 · 博纳富瓦 著

Yves Bo

L'Arrière-

华东师范

主 编 的 话

1

时下距京师同文馆设立推动西学东渐之兴起已有一百五十载。百余年来，尤其是近三十年，西学移译林林总总，汗牛充栋，累积了一代又一代中国学人从西方寻找出路的理想，以至当下中国人提出问题、关注问题、思考问题的进路和理路深受各种各样的西学所规定，而由此引发的新问题也往往被归咎于西方的影响。处在21世纪中西文化交流的新情境里，如何在译介西学时作出新的选择，又如何以新的思想姿态回应，成为我们必须重新思考的一个严峻问题。

2

自晚清以来，中国一代又一代知识分子一直面临着现代性的冲击所带来的种种尖锐的提问：传统是否构成现代化进程的障碍？在中西古今的碰撞与磨合中，重构中华文化的身份与主体性如何得以实现？“五四”新文化运动带来的“中西、古今”的对立倾向能否彻底扭转？在历经沧桑之后，当下的中国经济崛起，如何重新激发中华文化生生不息的活力？在对现代性的批判与反思中，当代西方文明形态的理想模式一再经历祛魅，西方对中国的意义已然发生结构性的改变。但问题是：以何种态度应答这一改变？

中华文化的复兴，召唤对新时代所提出的精神挑战的深刻自觉，与此同时，也需要在更广阔、更细致的层面上展开文化的互动，在更深入、更充盈的跨文化思考中重建经典，既包括对古典的历史文化资源的梳理与考察，也包含对已成为古典的“现代经典”的体认与奠定。

面对种种历史危机与社会转型，欧洲学人选择一次又一次地重新解读欧洲的经典，既谦卑地尊重历史文化的真理内涵，又有抱负地重新连结文明的精神巨链，从当代问题出发，进行批判性重建。这种重新出发和叩问的勇气，值得借鉴。

3

一只螃蟹，一只蝴蝶，铸型了古罗马皇帝奥古斯都的一枚金币图案，象征一个明君应具备的双重品质，演绎了奥古斯都的座右铭："FESTINA LENTE"（慢慢地，快进）。我们化用为"轻与重"文丛的图标，旨在传递这种悠远的隐喻：轻与重，或曰：快与慢。

轻，则快，隐喻思想灵动自由；重，则慢，象征诗意栖息大地。蝴蝶之轻灵，宛如对思想芬芳的追逐，朝圣"空气的神灵"；螃蟹之沉稳，恰似对文化土壤的立足，依托"土地的重量"。

在文艺复兴时期的人文主义那里，这种悖论演绎出一种智慧：审慎的精神与平衡的探求。思想的表达和传播，快者，易乱；慢者，易坠。故既要审慎，又求平衡。在此，可这样领会：该快时当快，坚守一种持续不断的开拓与创造；该慢时宜慢，保有一份不可或缺的耐心沉潜与深耕。用不逃避重负的态度面向传统耕耘与劳作，期待思想的轻盈转化与超越。

4

“轻与重”文丛，特别注重选择在欧洲（德法尤甚）与主流思想形态相平行的一种称作 essai（随笔）的文本。Essai 的词源有“平衡”（exagium）的涵义，也与考量、检验（examen）的精细联结在一起，且隐含“尝试”的意味。

这种文本孕育出的思想表达形态，承袭了从蒙田、帕斯卡尔到卢梭、尼采的传统，在 20 世纪，经过从本雅明到阿多诺，从柏格森到萨特、罗兰·巴特、福柯等诸位思想大师的传承，发展为一种富有活力的知性实践，形成一种求索和传达真理的风格。Essai，远不只是一种书写的风格，也成为一种思考与存在的方式。既体现思索个体的主体性与节奏，又承载历史文化的积淀与转化，融思辨与感触、考证与诠释为一炉。

选择这样的文本，意在不渲染一种思潮、不言说一套学说或理论，而是传达西方学人如何在错综复杂的问题场域提问和解析，进而透彻理解西方学人对自身历史文化的自觉，对自身文明既自信又质疑、既肯定又批判的根本所在，而这恰恰是汉语学界还需要深思的。

提供这样的思想文化资源，旨在分享西方学者深入认知与解读欧洲经典的各种方式与问题意识，引领中国读者进一步思索传统与现代、古典文化与当代处境的复杂关系，进而为汉语学界重返中国经典研究、回应西方的经典重建做好更坚实的准备，为文化之间的平等对话创造可能性的条件。

是为序。

姜丹丹（Dandan Jiang）

何乏笔（Fabian Heubel）

2012 年 7 月

1

在十字路口，我常会感到焦虑。我觉得此时此刻，或许就在此地：离我没有选择的那条路仅仅两步之遥，我已经离之远去，是的，正是在那儿展开了一片更高更纯粹的大地，我本可以选择往那儿去生活，然而我却自此失却了它。但是在我做出选择的一刹那，没有什么告诉我哪怕暗示我应该选择这另一条路。时常，我朝它放眼望去，想证实它是否通往一个新大陆。这样做并不能使我平静，因为我知道别的国度并不以别出心裁的建筑特点或地貌而引人注目。对新鲜的颜色和形状的幻想并不符合我的品味，通常我也不希冀去超越俗世之美。我爱这片土地，视线所至我的内心充满愉悦，有时我甚至相信峰峦纯净的线条，苍劲的树木，沟壑深处激荡的水流，教堂优雅的侧影，在某些地区某些时刻这些景致是如此动人心魄，浑然天成，好像上天为人类造的福祉。这种和谐有某种含义，这些景致和事物一动不动，如同被施了魔法。简单地说，只要用力去看去听就能发现在我们游荡的尽头，宣告着某种决绝。此时此刻的这个承诺，是某个地方。

然而，只有当我开始建立这种确信时，对另一个国度的猜想才能猛烈地侵袭我，拿走我在尘世的所有幸福。因为我越是确信它是某句话，甚或某种音乐——符号也是物质存在——我越是痛苦地感到在所有允许倾听的音符中缺失某个关键音符。在这种统一之中我们被分隔了，本能所预感到的东西，行动却鞭长莫及，无能为力。如果某个声音清晰地瞬间扬起在这交响乐的混乱中，而当一个世纪倏忽而过，吱声的人故去，言语的含义也就缺失了。这就好比从生活中的各种能量，从颜色和形状的各种组合中，从回荡着自然永恒之声的洋洋辞藻中，我们辨别不出任何关节，不管它多么简单，那个熠熠闪光的太阳看起来乌黑一片。为什么我们不能像在露台边缘那样纵观全局呢？

以别的方式存在：不停留在事物的表面，不在路口或基于偶然，就好像一个泳者潜入未知的水域，然后披戴着藻带浮出水面，他的额头和胸膛更加开阔——他面带微笑，目中无人，几近神圣？有一些作品会对无法企及的潜在有所启发。比如普桑①的《弹鲁特琴的酒神女祭司》(*Bacchanale à la joueuse de luth*)中的蓝色，就包含那种风雨欲来的瞬疾，那种我们的意识不可或缺的非理念的明智(图1)。

图1　尼古拉·普桑(1594—1665)，《弹鲁特琴的酒神女祭司》，1631—1633年，巴黎，卢浮宫。

---

①　尼古拉·普桑(Nicolas Poussin，1594—1665)，法国巴洛克时期的著名画家，曾是法国国王路易十三的首席御用画家。他的作品大多取材于宗教、神话和历史故事，代表作有《阿卡迪亚的牧人》。

这样想象着，我重又转向地平线。在现世，我们被精神的某种秘痛侵袭，大地表现出的某些缺憾没收了它可能给予我们的好处。而在彼岸，山谷的轮廓更为清晰，更有那天空中一闪而过的雷电，不知怎的，因那更微妙的言语，因那得以拯救的传统，因那我们所未知的情感（我既无可能也不愿那样选择），一个民族存在于与它匹配的空间，秘密地统治着世界……我说是秘密的，因为此刻我并没有去构建一个与我们所知的宇宙针锋相对的东西。决绝的民族和地方并非需要脱离出日常条件去梦想一个存在，把它们包裹在臭氧层中。如果说在这儿我们没有缺憾，我认为那儿的人们区别于我们的是一个不甚典型的古怪的简单动作，或者一个我们的近邻跟他们打交道时根本不会去深究的词汇。难道显而易见的事物不是我们最容易忽视的吗？尽管如此，于我而言，如果这样的机遇给我敞开了这条道路，我理应能够了解。

这就是我在十字路口所梦想的，稍迟片刻，自然而然地，我被容易给人异域印象的那些事物所困扰。这些印象隽永而令人难以忘怀。远处出现一条石头路，周围点缀着星星点点的村落；火车驶向夕阳中狭窄的山谷，驶过路旁的房屋，有扇窗户透出灯光；船只沿着堤岸下行，阳光反射在远处的一扇窗上（有一次是在卡拉柯[Caraco]，人们传说那儿的路因为长时间地被藤蔓侵蚀已成迷踪）。每到此时，我的胸中会瞬间升起别样的激情，我感觉在接近，不由自主地等候时机。在那儿，这些村庄叫什么名字？为什么阳台上有一团火？人们过来和谁打招呼，在呼唤谁？当然，等我来到这些地方的某处，燃烧的激情消退了。然而整整一个时辰，当有脚步声或话语声透过关闭的百叶窗爬至我的旅馆房间，激情又会重新增长。

卡普拉亚[1]，我长久以来的祝福之城！它的形态——峰峦和平原交替的长长的风景线——在我眼中如此完美，我久久不能挪开视线，尤其是晚上，当它从初夏第二天的薄雾中脱颖而出，如此高远让我只能相信它在地平线边。但卡普拉亚属于意大利，没有路把它与我所在的岛屿相连，据说它几乎一片荒芜：这是个只有几个牧

---

① 卡普拉亚（Capraia），意大利西北部的一个岛屿，属于托斯卡纳群岛的一部分，距离科西嘉岛30公里。岛屿面积19平方公里，海岸线长约30公里。岛上的圣乔治城堡保留了古代的风姿，城堡不对游客开放。岛上生产葡萄酒，是捕捞鳀鱼的中心。

羊人知道的地方，这让他们得以在天边长着茉莉与水仙丛的岩壁攀爬游荡（空处间或有几棵橄榄树和角豆树），这一切给予它一种原生的特质，使它成为那个我急切梦想的真正的地方。季节更迭，生活轨迹的改变，使我再也见不到卡普拉亚，我几乎要忘了它，就这样过了一些年头。后来有一次我在早晨乘船去热那亚，目的地是希腊；晚间时分，我突然心血来潮爬到甲板上向西望去，离我很近的地方浮现出堤岸，一块块岩礁在我右手边迅速掠过。一种目光，一种内心的触动：潜意识深处的记忆萌发了，埋伏在那儿，在我意识到之前我已明白。不可能吧，但确实在我眼前的正是卡普拉亚。卡普拉亚的另一面，我从未见过的一面，不可想象！它变了样子，更确切地说，由于我们离得太近而认不出它了（因为我们真的在离岸不到 100 米的地方经过）。岛屿前行着，自我展现着——简洁的海岸线，不起眼的地面，只见到一个小小的码头，通向远处的一条路，间或有一些房屋，以及绝壁上的城堡——它即将消失。

我被同情攫住。卡普拉亚，你属于这儿的世界，如同我们。你受着束缚之苦，你从秘密中跌出，退后吧，在夜幕中消失吧。既然已经和我建立了别的联系，而我对此却全然无知，那就彻夜守候在那儿吧，因为我被希望，或者说被诱饵引诱着。明天我将看到桑特岛[①]、塞法罗尼亚[②]，美丽的名字，更伟大的土地，因其深远而保存完好。哦，我终于明白了《奥德赛》的结尾。当奥德修斯重回伊萨卡[③]，他知道自己还要上路，肩上背着一支桨，在对岸的山脉之中越走越远，直到有人问他背上这个奇怪的东西是什么，那表明这人对海一无所知！如果说海岸吸引着我，更吸引我的是景深处的国度，被宽广的群山守护，仿佛在潜意识处被封存。我在水边行走，看着浪花翻滚，水沫似乎徒劳地想变成某种形状。橄榄树枝拂面而过，温热使汗水化成细盐颗粒播撒在皮肤上，还企求什么别的呢——但是真正的路却是那一条，它渐行渐远，九曲回肠，巉岩密布。我越是深入地中海某个国度的腹地，越能感受到门廊中散发出的浓郁的石膏味，夜晚的嘈杂，月桂

---

① 桑特岛（Zante），希腊岛屿，位于爱奥尼亚海。

② 塞法罗尼亚（Céphalonie），希腊岛屿，以洞穴而闻名，是爱奥尼亚海岛屿中地势最高、最多山的一个。

③ 伊萨卡（Ithaque），在希腊半岛的西部和塞法罗尼亚的东北部，属于爱奥尼亚群岛，是希腊神话中奥德修斯的故乡。

树的震颤。它们变换着频率和音高(就像人们形容一种已经很尖的声音)直至令人感到焦虑不安,尽管密闭着,却显而易见,尽管让人无法理解,却成为一声召唤。

从未见过皮耶罗·德拉·弗兰切斯卡①的《巴蒂斯塔凯旋》(*Triomphe de Battista*)(图2)中那些迷宫一样的山

图2 皮耶罗·德拉·弗兰切斯卡(1410/20—1492),《巴蒂斯塔凯旋》,1472年以后,佛罗伦萨,乌菲兹美术馆。

① 皮耶罗·德拉·弗朗切斯卡(Piero della Francesca,1410/20—1492),早期文艺复兴时期画家,其画作的主要特征是庄严的人道主义,对几何体和透视法的运用。他最著名的作品是阿雷佐的塔斯肯镇的圣弗朗西斯科教堂的壁画系列《真十字架的故事》。

丘——道路清晰可见，背景深远无穷——我意识到：这个画家，在他所有令人疑惑的地方中，唯有此使我百思不解。但是在这种氛围中，我也喜欢那些广袤的平原——地平线如此之低，以至于树木甚至草丛都可以将它遮盖。因此遥不可见和近景融合在一起，别处无所不见，其中心可能只有咫尺之遥：很长时间以来我都在这条道路上，现在只需一个转弯我就能窥见第一段城墙，或许和第一群幻影交谈……事实上大海最适合我的梦想，因为它辽远开阔，在意义上也象征着缺失的圆满；但这并非特殊的方式，我认为广阔的沙漠，大陆上纵横交错的道路网络，如同沙漠一样，也有着同样的象征功能，可以供人游荡，在坐拥全局和潸然放弃之间驻目良久。是的，就算是美洲的高速公路，那些似乎没有终点的慢车，它们洗劫而过的区域也呈现这种特性，但是在这种类比中，有太多的梦想和不切实际的成分。这年，我乘着火车抵达西部的宾夕法尼亚州，在风雪中，穿过黯淡的工厂，在一片支离破碎的树丛中，我突然看见很不协调的几个字：伯利恒[①]钢

① 伯利恒(Bethlehem)，美国宾夕法尼亚州第7大城市，是以耶稣的出生地命名的。

铁厂。我内心又一次燃起了希望，然而这次是以牺牲土地的真实性为代价。我不再去寻找密集的表象上人的征迹，在这儿难道我不会去想象在侧街上，兴许是最肮脏的这条，炭灰中会出现一个后院，一扇门：而门槛后的一切，山峦和鸟的啁啾，以及大海，它们全都复活了，在微笑？这样我们才忘记了种种界限和我们存在于世的能量。在接近匹茨堡时，我终于明白诺斯替派①的坚拒是如何一点点地侵入希腊语的。这种语言诞生于美，却达到了宇宙观的高度。

而我更加明白我的怀旧在最阴郁的时刻也是一种对现世的拒绝，即算是一开始我就说过，在这个世界上没有什么比这片土地上的语言和音调更让我感动的了。是的，我们的国家的确很美丽，我不再希冀其他，我和这种语言和平相处，而我的远古神祇仅仅在毗邻我两步之遥处歇息，要顿悟到它其实很简单：撇开这些不谈，一想到

---

① 诺斯替教，亦译“灵知派”，是罗马帝国时期在地中海东部沿岸各地流行的一种秘传宗教。起源于公元1世纪，盛行于公元2—3世纪。该教认为物质和肉体都是罪恶的，只有领悟神秘的“诺斯”才能使灵魂得救，后被基督教正统派斥为异端。

真实的生活在那儿，在那无法定位的别处，这就足以使这儿恍如一片沙漠。当我沉湎于此时，兴之所至，率性而为。比如说，我信仰光，以至于我想到真实的国度就偶然地诞生于某个季节和光线更强的某地。黑夜和白昼，无处不在，亘古更迭。然而在晨间、午间和晚间时，有一束光线如此完整、纯粹、分明，以至于感到目眩的人们置身于逆光，如火光中的暗影，他们不再理解个中原委，只剩下存在与否的抉择，彼此交流时如同雷电聚集，从而产生妙不可言的温柔时光，迸发灵感的狂野——彻底的进化。如果说我的幻梦如此，那么这儿的光对我又是什么，现时的光，我又撞见了什么？这些都成为一种残缺，其伟大在于欲求，流连其中堪比流亡。多么美丽的墙面啊！当阿尔贝蒂[①]在佛罗伦萨的里米尼创作他的音乐时，他与我是如此心灵相通！捕捉这儿的阳光，他照亮了地平线，我向那光明聚集的地方看去，他在寻找什么？他又知晓些什么？为什么在拜占庭[②]有这些银盘或锡盘呢？反射光

---

① 阿尔贝蒂(Alberti，1710—1740)，意大利作曲家。

② 拜占庭(Byzance)，公元前330年改名为君士坦丁堡，为东罗马帝国即拜占庭帝国的首都，1453年起被称为伊斯坦布尔。

如此简练，无欲无求，甚至没有物质，好像它们是一道光照的门楣。在一面古旧的镜子里(为什么人们选择了锡汞齐的脆弱，银叶的柔和?)，桌上满堆着水果，像在反透视中，面孔也是如此，都如同记忆一般历久弥坚。在某个教堂、某个博物馆见到的一些神秘的器具，常常让我像在十字路口一样止步。它们美得如此庄严，我用在现世所看到的一切来填充它们：每次都源于一种褫夺的冲动……说实话，只要有一点点让我感动——哪怕是最微不足道的东西，一把锡汤匙，一个锈迹斑斑的古代样式的铁盒，透过篱碍窥见的一座花园，墙边靠置的一支耙，隔壁厅里佣人的歌声——就可以让事物定格在光影中，而我被流放。

有天夜里(那是很久以前，我还在上中学)，我拨着短波电台的指针。一些声音，然后是另一些声音，此起彼伏，交替出现和消失在电波中。我记得当时感觉这就好像一片浩瀚星空，虚幻的星空。人们说着话，无休无止，这难道不是一种像泡沫、沙砾或虚空的星体一样空洞而又累赘的物质么？多么渺远的迹象！当我整整几小时地，好像在船头前行，好像穿越沙丘的汽车，我确信自己比这迹象更具有存在感，因为我眼看着它形成、出现，然后消失。这样想着，我重又开始拨弄指针。突然，我感觉自己错过了什么，尽管听得不明晰，但那勾起了我的热情，促使我往回拨。我真切地听到了刚刚错过的短暂的声音——这是什么？一阵歌声、鼓声、原始社会的笛声。转而是十分粗哑的男人们的声音，尔后是孩子的声音，严整稠密。而此时合唱停止了，所有声音重又以碰撞的节奏开始震颤，低吼。一种印象，我不知主观与否，但那是一种妙不可言的空间感。我开始明白。这些人在孤独的石器之巅：在露天剧场的台前，在巨石隔断的队列终点。在他们上方有水沟纵横的坚壁，虎尾草丛生，在那儿雄鹰直上云霄。在地平线上，悬崖峭壁中，空隙里，是他们的村庄——深重的城墙或关闭，或损毁，立在城堡之下。此刻我们所在的地方更像是一个营寨，夜间火光明灭——为什么有这个游牧民族，这文明社会之外孤立一隅的族群？这个国度，这些人，这种音乐，是高加索，是切尔克西亚[①]，或者是亚美尼亚、中亚的山脉——不过这些词汇于

① 切尔克西亚（Circassie），高加索的一个地区。

我而言闪现出神秘的价值，属于某个在现代地图上无法定位的极点：不如这样说，诺亚方舟停泊的亚拉腊山[①]承载着整个宇宙，它周围有嘈杂的水域，黑而光洁的地平线，极快的不知方向的河流。

歌声很快停止了，有人开始用一种陌生的语言讲话，然后我只能听见一片杂音。神秘的国度隐退了，我用我们的富足去想象地平线的另一边。只是从这时起我开始对音乐感兴趣：那儿的某种财富和炼金术进入我们现世的体验，增加了我有限的能力……实际上我应该指出我的诺斯(gnose)，在两种方式上都是有限的。首先在最强烈的梦想的倾向上，并不总是简单地被另一个剥夺。精神上别离的却停留在了身体里，这种受抑制的存在，就好比虚无中某种生命物的叠加，既强韧又相矛盾。流亡者指证流放地的宣告？但在前面我说过，任何细微的物体都可能时不时地与这种模棱两可的类别相融合，停留在那儿，延伸、照亮着它们的联系：这样说吧，整个世界起初

---

① 亚拉腊山(Le mont Ararat)，海拔 5165 米，是土耳其最高的山峰。据圣经《创世记》记载，诺亚方舟在大洪水后就停在亚拉腊山上。

像音乐那样为人喜爱，然后像现实一样消失，又第二次回来，被未知重组，更加活跃，与我的心更紧密地联系着。从那个世界我们学习了艺术，诗歌，否定、强调和记忆的逻辑技巧。这让我们彼此相识，相知相爱——同时，倾听原始的音乐，加入我们的和声，万物随声应和。生物是未完成的，大地的隐晦之歌不是供我们研究，而是要去重复它，那个缺失的音符与其说是一个秘密不如说是我们的使命？我梦想中的别处，在更深层次的含义上莫不是某一天必将到来的未来——完美地浇注在一起，人类、动物和事物在某天同时被召唤到同一个地点——在现世呈现，我们的怀旧丢掉了田园牧歌式的伪装，为久别重逢而爽朗地笑，喜悦地哭，—— 彼时丢失的世界，此刻得以拯救的世界？

不要忘了，我只是在特定的地点，在生存经历中真正和象征意义上的十字路口，才会产生对它世的冥想。就好像生存经历的一部分蒸发了，沸腾了，而另一部分仍然停留在现世的举措中，自顾不暇，游移于地平线外却自给自足。最后这样说吧，在诺斯和信仰之间迟疑徘徊，一个是隐身的神，一个是它所化的肉身，远不止于无悔的选

择。这是种拒绝，

贪婪地靠化腐朽为神奇养育自己。再说如果冥想继续，早先发生的还有一种嬗变。在我周遭有一脉无边无际的火焰峰，忽高忽低，在我渐渐接近时穿越一切，将一切置于身后，转而又攻其不备占领了一切：怎么说呢，在精神的领域，目光被诱惑的那一点变得更遥远，此时地平线消失又复而出现，在经历的时光中变得不那么紧促，就好像我的山谷无限地拓宽了，点亮了。我同时感觉到需要更好地去理解那种我通常只是被动地承受的双重诉求。以上我陈述的关于腹地（只有这个词汇可以将我持久的企盼和不确定的本能定格）的记忆是陈旧的，但这是唯一纯粹的记忆，更近一些的记忆掺杂了太多的思考和明智的陈述，和一种自忖能超越两种对峙势力的意图。是的，智识滞后了，正是借助思考我们才发现我们的思维是矛盾的，拖泥带水的：得以明确并非借助思考而是在思考当中，在思考当中，在生命的悸动中，比文字更宽泛，更明智。

2

如果前提是腹地于我而言遥不可及——甚至，我很清楚，我深信，它根本不存在——尽管如此，它并不那么难以定位，只要我忽视普通地理的延续性以及排中律的原则。

换句话说，峰峦有阴影，隐藏了它的一部分，但是阴影并不能覆盖住整个土地所延伸之处。这一点也不奇怪，我总是对旅行导游手册感兴趣，至少对那些用小型字体印刷、章节繁冗、每个地址都似乎是一个谜的那种。当我读到令人倾倒的意大利旅游俱乐部托斯卡纳导游手册时(第 459 页，1952 年的第二版)，我的血流速度加快了，我梦想着出发，去找到这座村庄。这些词汇或许就是为我而造，是对我的考验。但也不是所有的导游手册都能让我如此浮想联翩。要放飞我的想象需要几个条件，这样我才会有非理性却又深刻的感受。比如说，在我的地域神学里，西藏在哪里？或者戈壁沙漠在哪里？我想到这两个地方是因为它们具有世界上任何地方都没有的距离感、陡峭感和未知感。没有什么比在亚洲高原上的游记更让我动心的了，例如费尔迪南・奥森杜斯基[①]的《兽，人，神》[②]（图3），或是亚历山德拉・大卫-内尔[③]（图4、5）冗长而单调的谈话。后者描述她在春天的时候来到西藏：在高大茂密的花丛中穿行仿佛在花海中游泳，尔后是巨大的云层阻隔的冰川和山谷，最后俯视整个神圣的高原，“它在中亚闪亮的天空下空灵而辉煌”。我听着，

---

① 费尔迪南・奥森杜斯基（Ferdynand Antoni Ossendowski，1876—1945），波兰学者、历险家和作家，以游记和关于俄国革命的记叙闻名。

② 出版于1920年，被翻译成20多种语言，重版77次。

③ 亚历山德拉・大卫-内尔（Alexandra David-Néel，1868—1969），东方学家、藏学家、歌剧演员、记者、作家、自由探险者和佛教徒，拥有法国和比利时双重国籍。她是第一个前往拉萨的欧洲女性，1925年这个消息见诸欧洲各大报刊，她以个人品质和博学闻名。

图 3　费尔迪南·奥森杜斯基的《兽,人,神》
一书不同版本的封面。

图 4　少女时代的亚历山德拉·大卫-内尔，1886 年。

图 5　亚历山德拉·大卫-内尔 1933 年在西藏。

我感到困扰，我预备着奇迹的到来。这些高原和沙漠在我眼中如此有吸引力源于我童年的一桩事，对地球之外另一个世界的向往给它们的魅力加了分。

这件事情和一本故事书有关，这本书叫《红沙掩埋》(*Dans les sables rouges*)。我用过去式的原因是这本书也许早已不存在了，也许在某个不知什么地方的阁楼上还能找到那么一本。《红沙》是一本简单的小册子，大概只有 64 页，是一套儿童丛书中的一本。这套丛书每周或每半个月出一本，出版社位于加桑街，也好像早已不存在了。至于我，在即将成长为少年时就把书弄丢了，而且我也想不起作者的名字。我常常会想起这本书，因为书的构思如今回忆起来仍如此巧妙。这本精致短小的故事书有可能是一部古典历险小说的改写本或是缩写本，也许别人能辨别出它的原作。

在这儿我想讲述一下这个故事，因为它实在是给我留下了深刻而持久的印象。我把自己当成那个考古学家，故事中的主角。通过他的眼睛，我看到了令人惊异的场景，并最终看到了我已有预感的那种面对生命种种矛盾困惑时的焦灼。他前行着——这是最初的视觉印象——地点是在戈壁沙漠。和一小组探险者和导游们一起，他远离了所有已知的轨迹，兴许是为了寻找某个航空者曾经发现过的遗迹，而他必须去考证它。每天晚上他们都在距离最近的人烟有上百公里的地方露营。令他们目瞪口呆的是，有一天早上，他们在帐篷口外发现了一块石板，而头天它并不在那儿。上面有刚刚刻过字的痕迹，并且好像是拉丁文。*不要再往前走*，石板上的字被辨认了出来。他们感到十分困惑和迷茫，于是在周边找了个遍，但一无所获。很快夜幕降临了。第二天清晨又一块石板出现了，他们愈加惊恐，还有那拉丁文。这一次他们组织起来守夜。到了第三天晚上，在星光闪烁下，年轻的考古学家瞥见了一个阴影，他快步走过去，看到它犹豫着，停了下来：是一个年轻女孩，衣着和古罗马时代一样，他知道那是帝国某个时期的打扮(图 6)。惊奇之余，他叫住了她，或者说是字眼从他嘴里蹦了出来。天哪，她转过身来了，看着他……经过这么多天的等待，我是如此恐

图 6　伊莱娜的肖像，西拉诺斯的女儿，公元 1 世纪中叶，斯图加特，符腾堡国立博物馆。

惧，现在又是那么高兴。此时我是以怎样的激情看着这双闪烁的眼睛，这轮微笑，这星光下散开的秀发。可是当考古学家想要重新开口时，还没有反应过来，一瞬间，影子消失了，在他面前只有沙子和另一块石板。他拾起写了寥寥数个字的石板，有些怀疑自己所看到的一切。

但那并非做梦。清晨时分，当回到影子消失的地方，探险者们看见了在沙下掩埋的一块石砖。搬开石砖，是一级台阶，通向一些门廊和院落，被时不时从屋梁上投下的光照着。惊讶之余，他们往前摸索着直到眼前出现了整个城市，有一些迹象（一丛火光，一个店铺门口石桌上满炉的面包）表明城市是有人居住的，尽管表面上被废弃，而且这竟是一座古罗马的城市，从外形和物件上就可以判断出来。可是，忽然间，他们陷入重围，被捉了起来。捉他们的是古罗马的武士，全身盔甲，剑拔弩张。尔后又是一片城市生活的喧嚣，居民们又出现了。他们把考古学家们带到行政长官的府址，他周围站着一些随从们。从长官的口中他们得知，自己闯入了一个帝国扩张的前哨。随着罗马的衰亡，扩张的企图被放弃了，一支孤立的营团在重重威胁下只能潜入地下逃生。于是这些拉丁族人在亚洲经历数个世纪苟延残喘活了下来，他们自己也不记得到底过去了几个世纪。曾经削弱它们的势单力孤同时又保护了他们，为了不泄露这个秘密，所有进入古城的外来人都必须处死。他们居然没有认真地对待前几夜出现的警报！行政长官高谈阔论着，而考古学家搜肠刮肚地试图听懂他的拉丁文，这时他突然发现在一根柱子后面藏着那个年轻姑娘。她脸色苍白。她又一次寻找着他的目光。

现在士兵们把他们带入了地牢，大家知道只在这儿呆个片刻便会被处死。考古学家向同伴们解释他听懂的部分。大伙儿商量着逃亡计划，但毫无希望。他们讨论着，时间一分一秒过去了，几个时辰过去了。为什么还没有人来呢？刚刚还听到守卫们在走廊里的脚步声，这会儿却是如此静寂，愈来愈静寂？囚犯们感到惊奇，心中燃起了希望，全神贯注地倾听着外面的动静，是么，什么也不会发生？就在这时，门口响起了钥匙的声音，年轻女孩来到门前。“快离开！”她说道。他们交换着感激的眼神，如释重负，仿佛孩子被放逐，仿佛找到了儿时的“金叶子”！两个年轻人知道他们坠入了爱河，在开启和前行的时光隧道中，爱的起源，男人想和女人说话，然而——“又一次地失去了她！”她对地形了如指掌，而他们只是在空荡荡的迷宫中摸索。

我也不知道他们是如何懂得这些的，年轻的罗马女孩说服了他的父亲，那个行政长官，放了这些外乡人，让他们所有人逃跑，经过走廊，到达另一个地下城市。这个更远的城市同样也是罗马在沙漠中的最后延伸。这些卑微的人穿越了一个又一个高廊大厦，圆厅、油画和灯具渐行渐远。大门在他们身后关闭，继而消失了，年轻的法国男孩是那么热切地盼望去了解却再也无从找寻它，面前只有冰冷无瑕的墙壁。(图7)

图7　皮耶罗·德拉·弗兰切斯卡(1410/20—1492)，《鞭笞》，1459(?)，乌尔比诺，马尔凯国家美术馆。

无边无际的沙漠啊，丘壑纵横地横亘眼前！我难以忘记的是命运终结的地方就在那里，但已永远无法找寻。我极力去聆听所有关于人们经受的磨难、重逢和回归的传言。亚历山德拉·大卫-内尔正是在红沙尽头的旅程结束后，讲述了她有幸经历的故事。那是在十字路口的一个小小的沙漠旅行客栈。一队蒙古僧侣组成的驼队从一条路刚刚到达那里，紧接着，一个西藏人从另一条路也跟了过来。这一位知道他并没到他本该去的地方。在他的梦里，他看到了孤寂的黄沙，游牧民族的毡布帐篷，以及岩石上的一座寺院。从童年时他就出发了，并没有定下什么计划和目标，然而他游荡了许多年，为幻觉和狂热所驱使。就这样他来到了这个路口，在那里停着一支驼队。他不由自主地靠近这些人，询问谁是首领，于是他认出他来。原来他的过去——他的前世——一瞬间如雷电击中了他。他曾是这个僧侣年轻时的精神领袖。他们曾一块儿来过这个路口，那是在从西藏朝圣回来去岩石上这个寺院的路上。他会讲述这次旅行并描述那个建筑。人群一片欢呼，因为僧侣们也正想问达赖喇嘛怎样找到他们死去已 20 年、如今不知在何处重生的寺主。亚历山德拉·大卫-内尔则是在他们重逢、欢呼和掩面而泣时到来的，第二天清晨，她目送着驼队在永恒的驼铃声中离去。僧侣们回到了寺院，而流浪者则完成了他的命运。

仿佛漫不经心地，我试图寻找那条空空的去路。一个偶然的机会，当我开始写这些文字时，我得到了这本故事书的英文版——《西藏之魔幻与神秘》(*Magic and Mystery in Tibet*)。当时我所处的地方和沙漠很相像——岛屿之间是巨大的桥梁，无数川流不息的轿车，棕榈树，高大密闭的花园和近处草丛中的篝火，风把它们的气息带到了城市里，火星在海面上灰飞烟灭——僧侣和牧民们在高原上的故事强烈地勾起了我原本的兴趣，而非带着丝毫不解的拒绝。因为我清楚与这个寻觅和找到的人相比我的区别在哪儿。他寻找那个地点的目的是为了打发时光，生命于他是尘世的拖累。他只想继续无休止地探寻寻觅以求完全的解脱。而我关注的是超验性，而且是作为其根源的地点，我赋予“物质的空虚形式”崇高的内涵……是什么原因让我如此喜爱《红沙》这本书？我不知道，因为还只有 10 岁的我对罗马不甚了解，只知道那是座条条道路齐会的城市。我揣摩和想象着那些碑，那些篆刻的字迹,甚而是一丝眩晕,一道光,一片在天与地之间熊熊燃烧的通红火光。对罗马的印象叠加在《红沙》的原型中,别处逃离了,而此地目空一切地冒充是世界的中心。我每每感受到那种骄傲,时而得意地荡生于石建筑中,时而在绵延数里的沙砾和石头后被粘土的悬梁打败与折弯;只要人们梦想多一道墙,多装饰一个壁,抬高露台,在日出或日落时都会听到我梦想的泡沫在石座上、在尘世永恒的建筑里覆灭的音乐;在这些真切存在的地方,是的,我有回家的亲切感,我渴望马上见到那位不承认这一切的继承人。

这就是我感觉需要寻找的腹地。在西藏我还能有所梦想,是由于那里的空间而非人超凡脱俗——由此我可以穿越边界。而在日本,我与我古老的梦想和平共处,因为那里是木建筑的国度,位于地震带上,楼宇如泡泡般孱弱,而人类的希冀在那里仿佛被宇宙之树的颤抖所包围和解散,那儿没有我想寻找的远方,它不存在。这些远东的佛教国度太过明智清醒,或者说太悲观(马拉美式的),他们说地点和神灵一样都是我们的梦境,对我而言他们太快就迈入了空灵的体验。然而在石砌的国度!人们挖土钻井构建堡垒，事实是那么真切！到处是宏伟的宫殿，密布的石像，让人感受不到丝毫的活力，除了某块夸张的巨石，比如说在罗马的穹顶上，沉思和弘扬着，化为了对大地的依恋……腹地从爱尔兰延伸到远方的亚历山大帝国，并在柬埔寨绵延。那儿还包括埃及的外省，掩藏着图书馆的伊朗沙丘，亚洲的伊斯兰城市，津巴布韦，廷巴克图①，非洲的古帝国——尤其是高加索，安纳托利亚②，以及所有地中海国家，还有方正的希腊庙宇，以另一种方式诉说着。我所列举的这些文明都诞生于以圆为象征和基准面构建穹顶的欲望。当然代价是，还存在着另一个圆，由未知的地平线构建，呼唤着远方的朝圣者前来探访，被异域的极点萦绕，值得人探究和质疑。腹地，不仅是种自豪，而且是不满足，是希望，是轻信，是出发点，是即将腾起的激情。但这不是智巧。谁知道呢，兴许远胜过这些。

我想起了印度，这种自我否定又肯定的辩证法被如此

---

① 廷巴克图(Tombouctou)，马里历史名城。从14世纪中叶起，廷巴克图相继成为马里帝国、桑海帝国的重要都市，是贸易和文化中心，古代西非和北非骆驼商队的必经之地。

② 安纳托利亚(Anatolie)，又称小亚细亚，即今土耳其亚洲部分。

清醒自觉地体验着。只在那儿呆了几天，就足以让我真切地听到虚幻的涌动，繁复而有规律。我们当时正在穿越拉贾斯坦，山脉揭开面纱，绵延着，又掩饰着，仿佛初入梦境一般处在庄严的静谧中。我们在一片树荫下停住，有一条小径，穿过一扇打开的门，通向一座远处的大房子，断壁残垣中布满了明亮的色彩和拉毛粉饰的痕迹，小女孩们悄无声息地在沙上行走——她们的舞步凝聚在停摆的时刻中——面无表情地递给我们水。那个夏日也是凝固的，荒芜的。尔后在一片空无中响起了一串铃声，从沉睡的乡野走出一位卖冰饮料的商贩。儿童们聚拢来，给他一个铜板，讲几句话，又沉默下来。他也一动不动，在光线下，一个几乎无欲无求的身影。另类的时光，别样的经历？遥远的空间与富有深意的举止交织在一起，给人以瞬间不可磨灭的印象，或许只要进入那儿，只要仅仅从这儿往前走几步，就能在路的拐角发现略微改变的形貌，未来消失了，而误解得以消融？需要往前走，这并不是初衷，而仅仅是更强烈的表达需要，抑或是超越。我对安贝[①]了解么？可以

① 安贝(Amber)，古印度地名。山口的安贝堡风光秀丽，中间有一个美丽的湖泊。

说我似乎在那儿睡着了，那无边的大地，不知名的浓郁芬芳，那伊斯兰文字在光影中的交错对我施了催眠的魔法。我在那儿确实留下了我的身影，在光鲜的大厅中穿行，在大瓦罐中汲水喝。我无法平静，因为事实上时间并没有停滞，也许有一天，受发烧的折磨(Per fretum febris)，我又找回了自己的身影。尽管走得很缓慢，但满面红光，一副吃饱喝足的样子。

如果注意力更集中一点，从远处我可以看到红色的城堡变大了，而它的围墙奇特地冲击和攀爬着斜坡，穿过沟壑，在河对岸拙笨地耸立。看上去这些城墙是任意地延伸着，因为城墙内外的土地同样无人居住，同样寸草不生。当我们进入城墙来到更高处的城堡，通过绿树成荫的院落和幽暗的厅堂来到露台上时，一眨眼的功夫我就搞明白了。堡垒的界限并没有圈住任何人们企图保卫的东西，它与地平线齐平，就像从我所在的位置看到的那样。目光所到之处，天边的石丛中，曾有王公让城墙攀爬延伸，在某种意义上他们占有的不是领土，而是可观瞻性。地点和现实合而为一，相辅相成，现实和别处不再对立，我可以猜想这其实是最初的意图，所圈入的虽然只有石头、贫瘠的树木、几处房屋和一弯激流，但这淡淡的色彩勾勒出的线条不代表虚无的富饶本质，类似日本式庭园那样，而是土地，是在它之上曲折绵延的那个地点。在旱季和雨季的更迭中，这片横沙的国王不愿再看到自己心血来潮的欲望。这是一个巨大的努力，是对空间前无古人的暴力入侵，以至于城墙砌得很矮，在有些地方甚至几乎没有，好像被自己胆敢深入到此的勇气削弱了一样。弱如西塔琴弦，然而纠结的声波却聚拢来，亘古不变。这种存在像烟一样扶摇直上，没有任何风能吹灭它。我十分确信这一点，眼光投向每个山沟的尽头，投向西面，那儿已经有了阴影。对这样的建筑该下怎样的结论啊！(这个建筑多么完善啊！)其隐身而退正使其无往而不胜。这片领地的回响所带来的能量能让居住在上面的人举止多么高雅，情感多么细腻！我正大发思古之幽情，突然间，我见到了什么？宛如一记掌击。

我刚才发现，围墙有时在一个地方，然后又在另一个地方和地平线分离开来。虽说是很细微的距离，但是当夕阳西下时，影子使距离变得明显，而且我很容易就能分辨出来。有的地方塔间露出了一点外面的世界，而没有塔的地方又凸出了远处的小山包。对于建造者意图的猜想宛如做梦，我应该从我的疯狂和孤独中清醒过来么？不然，其实这不过是我没有在第一眼猜透全局——像我现在所观察到的。对界限的肯定是人为的，同时也宣告了其出格之处。首先，别处被“抹杀”了，紧接着是自知之明，使完整无缺的景深打破了圈地为牢的权力。王子更愿意相信一种幻灭，而不是去完成他的梦想。于是，在那些幻想破灭的地方，我有这样的感受——忧虑显露继而消失——由此我更加体会到深刻和失而复得的现实？……这种被封锁被禁止的深刻又意味着什么呢，如果不是在凝固偶然中加深了谜面？就这样让肯定和疑惑共存——好比让地平线之弦震颤——安贝的王子在怀旧的同时释放了内心的不安，在完成的同时混合了激情，让另一种也许不那么高雅但却柔和、悲悯的音乐重又响起：这音乐古老，是生命本源之歌，人们在以前、在别处这样说道，流逝的岁月的泡沫让人忽然在这儿感受到了真理。时断时续，无休无止，缓慢而奔放的节奏激扬着，划上休止符，在安贝，大地伸向找寻节奏的手，寄予抚慰心灵的话语。是大地让我们发出这样的疑问：为何总是在破碎的时光中散发出永恒的真味?

在这条路更远处,在斋浦尔[1],另一位王子建造了一个著名的天文台。在一个如今已野草丛生的院落里,曾经用来观测天象的工具都被埋在了地下。我听说这儿如今只是一个遗址,人们来到这里,被吸引,在这儿度过一个时辰,当又要在尘世老去时离开。几个朋友参观了天文台和王宫,又接着上路,这是一个大清早。在到达干枯空荡的腹地的山脉之前,我们沿着最后一条街而行,那儿的墙壁粗粗地涂着粉红色,装饰着拉毛的粉饰线脚,这带着洛可可味道的优雅成就了斋浦尔的魅力,尽管和茉莉四处散发出的性感、死亡和非理性的气味不甚协调。光线对于一点钟而言也有些单薄。而我试图像在安贝那样去冥想这些房子里人们的生老病死,他们的文明或狂热,他们的悲剧或幸运,然而即刻我就意识到这个问题根本不存在。看上去,山脉从左边和右边蜂拥而至,这些墙面在大山面前只是一道屏障。只有那么一点树叶横亘在屋

---

① 斋浦尔(Jaipur),印度拉贾斯坦邦的首府,距离德里 260 公里,旅游古城,最大特色是粉红色。置身于斋浦尔街头,就像处在粉红色的梦中。

梁上，还有鸟巢和一只鸟的彩色羽毛，尔后沉沉坠入一片荒野，一切都结束了。人们修建斋浦尔，正如修建安贝，势不两立的此岸和彼岸世界，在“这儿”，在这个隐身的地方，巧妙地融合了。越是摈弃高傲的地方，就愈见其美丽，仿佛无边无尽的森林中升腾出明亮的火焰。为了加深怎样的尘世经历，那些探索浩渺星空的人把这个标志建立在这儿？对彼岸的无法餍足的企求，又是如何不时与现世的腐朽结合在一起？这条路开启了出发的焦虑，同时也通向喜悦——回归的至高无上的喜悦？在离开斋浦尔的路上，我想到这个穹顶、城堡和峰顶燃烧着火焰的地方不是渐行渐远通向人们渴望的彼岸之路，更非通向佛教的虚空边缘之路。这是大地之路，这条路是大地本身。它指引着——回归自我，心有灵犀——圣迹的显现，以及未来。

3

在第一次去托斯卡纳旅行之前，我对意大利绘画还知之甚少。不过，我还是稍稍知道一些最有名的画家，莱昂纳多·达芬奇的作品有时像梦境一样浮现在我脑海中。然而那些后来让我不胜感动的作品我还不熟悉。我只仔细看过那些超现实主义非常喜欢的作品：乌切诺[①]的《亵渎圣餐》(*profanation de l'hostie*)和一些基里柯[②]早

---

① 保罗·乌切诺(Paolo Uccello，1397—1475)，文艺复兴初期的意大利画家。

② 乔治·基里柯(Giorgio De Chirico，1888—1978)，意大利画家、雕塑家和作家，形而上学画派创始人之一。

图 8　保罗・乌切诺(1397—1475),《圣罗曼诺战役》,
1450 年以后,佛罗伦萨,乌菲兹美术馆。

期风格的作品。为什么我没有想去更深地了解呢？也许是由于一种聚合的效应。乌切诺对透视法大胆而抽象的运用使空间分离,让事件和事物显现出来,使形态变得离奇,色彩变得遥远,而整个画面漆黑一团(图 8):由于倾向于诺斯替教,我颇感得意,但同时我对简单之美的感受也被剥夺了,后者于我比任何方面都重要,它仿如在水一方的伊人,象征着另一个世界。于此,基里柯浓墨重彩宛如舞台布景一样创造了廊柱及宫殿,似乎暗示着彼岸世界的存在,但它如约而至了么?当然没有,那拖得太长的阴影,那似乎停摆的钟都表达着一种焦虑,一种不真实,使我怀疑古典透视法的力量甚至根基。清晰可见,历历可数,这难道不是对有限的不解?是对时间距离的遗忘而非嬗变?我于是乎梦想着另一个世界。我宁愿它是血肉之躯,是时光流淌,如同我们的世界,这样我们才能在那里繁衍生息,更改年代,逐渐老死。

这以后我终于去成了意大利,而在那儿,在某个难以忘却的时光,我发现了基里柯笔下出现的那个世界,想象、不真实、无可企及,在那儿确实存在着,只不过在这儿它被重建,被重新定位了,变得真实,可居住,借由一种于我全新的精神诉求,一下子成为我的财产、记忆和命运。我参观教堂、博物馆,在所有白色的墙面看到乔托①、马萨乔②、

① 乔托(Giotto,1267—1337),意大利文艺复兴初期画家、雕塑家和建筑家。他是第一个把人置于宇宙中心的艺术家,将西方艺术带入写实的道路。代表作有《逃亡埃及》《哀悼基督》《犹大之吻》等。

② 马萨乔(Masaccio,1401—1428),意大利文艺复兴时期的画家,被认为是文艺复兴的先驱。他将宗教题材世俗化,将透视法引入绘画,代表作是佛罗伦萨圣玛利亚教堂的壁画《亚当和夏娃被逐出天堂》。

图 9　乔托(1267—1337),《宝座上的圣母》,
1310 年,佛罗伦萨,乌菲兹美术馆。

皮耶罗·德拉·弗兰切斯卡的庄严肃穆的圣母像,在时光流逝中依然完美无痕地存在着(图 9、10)。这些画家

图 10　马萨乔(1401—1428),《圣母子》,
1426 年,伦敦,国家美术馆。

对透视法的运用可与乌切诺相媲美,甚至更胜于他,他们较他更好地从中世纪建筑中凸显出画面;但是他们并没有否认物体的物质性,以及它们对于任意规则而言的超验性。实际上,他们汇集了零散的现实存在,把神圣的一致的光大胆地带入感官体验;他们构建了透视,我现在明白了,正是为了完成这一使命:让它界定地平线,展现和包容各种可能,把意识从偏见中、从虚幻中释放出来。我原来以为是灵知的东西,穿越地平线到达另一片天空,像希腊哲学一样定义着人们居住的世界和人具体的部分。由于自雅典以来,就存在耶路撒冷和基督教的应许,这种对边界的认识也成为一种信仰,界定了世俗性的边界并致力于重生(图 11)。印象中我终于结束了漫长的等待,终于不再望梅止渴,当我看到意大利 15 世纪前叶的数幅画作和布鲁内莱斯基[1]、阿尔贝蒂[2]的建筑时,他们告诉我由于新科学,一切都在基于中心基准面的太阳辩证法中诞生!我真实地经历了这些初遇以来最强烈的幸福感,不仅是感官上的,更是精神上的。石头,树木,远处的大海,温煦的阳光,所有可触摸的物类在我眼前无尽地晃

---

① 布鲁内莱斯基(Filippo Brunelleschi,1377—1446),意大利文艺复兴时期的伟大建筑家。

② 阿尔贝蒂(Leone Battista Alberti,1404—1472),意大利文艺复兴时期著名的建筑家。

图 11　皮耶罗・德拉・弗兰切斯卡
(1410/20—1492),《基督受洗》,
约 1442 年,伦敦,国家美术馆。

动,如止水中的倒影,生生触及我的灵魂,我重生了。

然而反对脱离肉身的斗争并没有结束,日复一日,意大利 15 世纪的艺术于我而言,已远非一种依靠,而其巨大的影响力,险些让我一败涂地。难道人们不总是在此地被认可后才向往着彼岸吗？那么,这就是现世被肯定的艺术,是众所周知的某个地域文明如何主动地致力于寻求他世和未知艺术之梦的例证,让人们感到不满足、怀旧乃至贬损这个曾被称为价值的现实世界。

这种辩证关系实则十分简单。我由此喜欢上了某几个伟大的画家和建筑家那种可以称为在空间层面上聚合存在感的特点。不止于形体的释放,明亮的色彩感动了我,在多梅尼科・韦内齐亚诺[①]、皮耶罗・德拉・弗兰切斯卡和其他几个人画里那象征性再现的不透明,在稳定的色彩中,仿佛从白日的光线中蒸发了(图12)。我本会畏惧透视中的戏剧效果,明暗对照;但是我的担心是多余的,阳光从各个方向洒落,尽管留下一些轻飘的影子,但光线诞生于物体本身的色彩,使大地空间渗满生命,就像重现了第一天的早晨。这项彻底的革命,与以往我想见的任何变革都不同,比如强烈的、谜一样的逆光也许会突

---

① 多梅尼科・韦内齐亚诺(Domenico Veneziano,1400—1461),意大利15世纪的画家。

图 12　多梅尼科·韦内齐亚诺(约 1400—1461),
《圣母子》,1437 年,佛罗伦萨。

然加剧太阳的存在感。在这里一种发自内在的柔和光线证实一切,解释一切——这是一种几个天才发明的新的艺术高度,是一种源于感官体验的自由之举。不论在对形式的沉思方面,还是色彩所做的阴影的魔术,那些最伟大但并非独一无二的画家给我留下了这种技巧高超的印象。在那些他们可能认为粗笨、无知和累赘的作品面前——那些农村社团定制的祭坛画，那些外省作坊里的作品——我也不难甚至更容易发现这一点。不管如何，即便是在皮耶罗·德拉·弗兰切斯卡的画作中，人们也不难察觉物体形象瞬时的一体性中那细微的灼烧感，透露了那一肯定行为中折中的智识。对于这种科学方法之局限的体验，对鞭长莫及的事物数量的清醒认识，他想到了他所要表现的，在这一时刻如醍醐灌顶，表象超越了以不可见为基础的真实存在而显现。人们可以观察到——这无疑又得益于基里柯——涉及大地的，无非是抽象的概念。而在更乡土一些的画作中，在农村的小教堂和教堂的侧壁，意识如同本能地贴近自然事物一样自由自在。简简单单的水果，多米尼克教规沿袭而来的树叶和花朵制成的花环，年轻的躯体更诚实的展现，一个旧式的动作，一种得以挽救的信仰和新空间交融在一起，智识与宁静合而为一。

但这是为何：我如此热爱和熟稔宁静，却很快陷入神经质的紊乱，急切地想要离开，仿佛继续停留在那里，我就失去了一个机会？哎，由于一种在我看来似是而非的推理，然而我却乐于这样做，我又留在了那里。这些作品是多么简单啊，一开始我这样想到。我用我所有的语言谈论锡耶纳的暧昧，佛罗伦萨的雄心，甚至皮耶罗，我充其量只能背叛他们。他们不是建筑于某些感知方式，存在方式，某一类别，也许在我的现世体验中不再拥有的方式之上吗？但是，这些文明社会，正是这些小城，这些村庄……但是！我是意大利文艺复兴的继承人，如同现世的每个人一样，所以在那些大城市意识并非以别种形态存在——我知晓。不然，应该设想深层的意识在别处安家；而且并非这些参与过历史的城市，并非这些城市周围的卫星城市，而是在某个偏远的山庄，幽闭的山谷，荒芜的、石头密布的大山深处，只有在那儿，它才会出现。人们大致会明白对腹地的想象是如何让我失去我之所爱的。

但它这次显露于一个十分和谐的文明内，我只是初见其端倪，逐渐发现并挚爱终身。它缠绕着我，萦思愈演愈烈，变得危险，因那种激情与平复伴随着我对这个或那个画家的兴趣，使我幻想终究有一天，我能欣赏道路上这些标志，甚至明确某种方法。在发现甚至称道某一作品之后，我反而更清楚了它的局限。这一幅太优雅，那一幅又有太显著的特征,当我用不能再平常的心理朝它们看第二眼时(眼光中带着焦心、悲悯和挚爱)。我有预感,是的,但也不是没有超越,这让它们停留在我们身边:它们只是反映着在彼岸灿烂到极致的东西。如果今天我在某幅作品中看到的是一种缺失,那么明天我在另外一幅作品中不是会察觉到更多吗?从一幅作品到另一幅作品,我能一步步朝远方的辉煌迈进?按这个逻辑推理,我自忖这种升华最终会把我带到今日某个荒芜的地点或村庄,然而我否认它的存在。意识找到了钥匙,又怎可能丢失它?真理之子停止了绘画,由于某种我所未知的原因,但他没有就此消失,我们需要做的是重新去认识他,在他的阒寂中,这是沿途的绘画、雕塑和空荡的厅堂所能带给我们的感受。是啊,我即将触及我的目标。它离这里十几公里之遥,甚至更短的距离,因为我的品味被南托斯卡纳、翁布里亚①、马尔凯镇②、北拉丁姆③所吸引;尽管第

---

① 翁布里亚(l'Ombrie),意大利中部地区。

② 马尔凯(Les Marches),法国罗纳-阿尔卑斯地区萨瓦省的一个法国市镇。

③ 拉丁姆(Le Latium),意大利中部的一个地区,政府所在地为罗马。

一眼看上去有些粗俗,但这次纯粹是精神和表象的关系,决绝的作品确实存在着,真实的国度就在四周……

当然,这是诡辩,因为我是搞艺术的,而艺术是一种秩序,有其自身的规律,作为某种指标的附属现象而存在:要知道最后我们必将在疑问中结束这种欣赏,最高级的作品揭示了一个决绝的存在。于是我常常反问自己如何能随心所欲地推翻阅读中的记号。但这更使我铁定了心,我试图使用可以用两种方式诠释的标准,正如同透视法的使用者惯用的棋盘式路面那样——这似是而非的愿望使最平庸的石阶也被谜一般的光彩笼罩。我用什么作为网格呢?路上有路标吗?是表达大地和天空的方式吗,因为腹地首先是对近距离的探视?还是建筑一个神的祭坛,伟大的建筑?一无所获的我于是开始假设隐藏的中心有某种磁性;既然我如此努力地漫无目的地寻找,有可能我是受到了这个磁场的吸引;或许我只需要受它的牵引,用存在的本能取代奇形怪状的思想,在那儿我才能找到本源。

几个月过去了,我在这种想法的引导下游移于画廊和城市中,这种运命长久以来是我没经历过的,而我偶然间唤醒了它。今天仍然如此，当我在某个美术陈列馆偶然发现一幅熟悉的画时，我几乎忘记它就在那儿，就像最近在沃尔泰拉[①]看到罗索[②]的《基督下十字架》(*Déposition*)——我似乎一下子被希望攫住——就在那一瞬间——那似乎又提醒我记住自己的使命(图 13)。我在翻阅我的"智慧书"《伯灵顿杂志》[③]时不经意地耗费了多少时间啊。在旧的版本中，图片更小更灰，当我看到阿尔坎切诺[④]的圣母像时，我对自己说：在门槛前除了他还有谁，我必须去一趟卡梅里诺，为了那路尽头的最后几步？阿尔坎切诺也以神秘的方式漫游了诸多地方。他去过毕腊阁[⑤]的圣弗朗西斯科和拉丁姆的乔弗雷多。此外

---

① 沃尔泰拉(Volterra)，意大利市镇，位于意大利中部托斯卡纳地区的比萨省。

② 罗索(Rosso Fiorentino, 1494—1540)，其名字的意思是佛罗伦萨的红发大师，意大利文艺复兴晚期的画家和装饰家，对枫丹白露画派影响深远。

③ 《伯灵顿杂志》(*Burlington Magazine*)，一份创建于 1903 年的英文学术月刊，内容主要与美术和装饰艺术有关。

④ 阿尔坎切诺(Arcangelo di Cola da Camerino)，15 世纪文艺复兴时期卡梅里诺画派的意大利画家，作品属于哥特式风格。

⑤ 毕腊阁(Pioraco)，意大利中部马尔凯地区马思拉达省的一个小镇。

图 13　罗索・菲奥伦蒂诺(1494—1540),
《基督下十字架》,1521 年,沃尔泰拉美术馆。

还有这一手——也许是皮耶罗・德拉・弗兰切斯卡在他谜一样的事业开端时——他画得并不是没有道理,人们至少可以这样想,在安杰利科[1]的《天使报喜》(*Annoncia-*

① 安杰利科(Fra Angelico,1387—1455),意大利文艺复兴时期的画家。

tion)这幅相当古旧、环绕着金色的天空的画中可以看到塔西曼湖①的广阔水域,正如人们从克顿②过来时看到的一样(图 14)。去克顿,在随便哪条路的小民宿住下,都有《亵渎圣餐》中那样的绿色回廊。房间里的白色墙壁上忽而出现一幅油画……

图 14 安杰利科(1387—1455),《天使报喜》,1426 年,马德里,普拉多博物馆。

① 塔西曼湖(Le lac Trasimène),意大利中部的湖泊,意大利第四大湖。由雨水和暴雨冲积而成,从罗马时代起就有一条运河将它连至台伯河。该湖泊面积为 128 平方公里,湖岸线 40 公里。

② 克顿(Cortone),希腊佩罗博奈司半岛南部梅西尼的一个城市。过去长久以来属于威尼斯。

我并没有去拉丁姆的乔弗雷多,而且我把对克顿的游览推迟到了今天。事实上,我只深入游览了对于平庸艺术来说最重要的地方,在我看来,它们都是不可见现实的扭曲反映。应当指出的是,我对于托斯卡纳绘画无比认真的研究并没有因对偏远外省的怀想而偏离主旨——这很幸运,因为它最终解放了我。梦想并未影响我的理智,但它深入我的感官仿如一种使命,如同影像的光晕,在某些时刻,那些虹彩使整体感官陷入迷幻。当光晕非常强烈时,它穿透托斯卡纳艺术,乃至用它那奇怪的光线否定了它:从色彩明亮的这一部分开始,太阳升起,将乌云驱散。这甚至是可预见的。毋庸置疑,是认知的衡量,而非对表象的复制,成就了直至巴洛克时代结束意大利艺术的终极嘱愿?在分析这些信息方面,我的疑虑可能偏谬,但仍然以同样的语言叙述着,好歹也让我听听它的箴言。在我的梦境的尽头它可能来迎接我,以某种方式处处陪伴我。在马萨乔和皮耶罗·德拉·弗兰切斯卡的作品中有某种对我们存在的现实世界的升华和肯定?然而黄金时代的梦想,用数量来重铸感观的野心,对精神而言几乎是另一

图 15 皮耶罗·德拉·弗兰切斯卡(1410/20—1492),《所罗门与示巴女王会面》,壁画,阿雷佐。

片土地的想法,无疑属于费奇诺①,已然是布鲁内莱斯基的穹顶,是阿尔贝蒂在曼托瓦②的侧壁,也正是阿雷佐的《所罗门和示巴女王会面》(*Rencontre de Salomon et de la reine de saba*)中的这只手所蕴含的意义,所指向的地方:那是逃离的地点(图 15)。为了对这种褒扬加深理解,它是

① 费奇诺(Marsilio Ficino,1433—1499),意大利文艺复兴时期哲学家。

② 曼托瓦(Mantoue),意大利城市,属于伦巴第大区。古罗马著名诗人维吉尔就诞生于此,以文艺复兴时期的建筑群为其特色,2008 年 7 月被联合国列入世界文化遗产。

那么循环往复，错综复杂，这不仅是梦想也是科学，是秘密的放纵，如此的肯定感动了我，最好不要只停留在辉煌的那一刻，而是同样急不可耐地去探寻那些幻想与幻灭，希望的重拾，这张狂而又清醒的托斯卡纳雄心的衍伸和震荡，骄傲不断挑战智慧，严苛和斯多亚主义兵戈相向。

几乎与皮耶罗同时代的是佛罗伦萨的波提切利（图16），在他之后是矫饰派，而他则是不妥协的肉欲之艺术，

图16　波提切利（1444—1510），
《耶稣被钉上十字架》，1500年以后，
马萨诸塞州，剑桥，福格艺术博物馆。

前者给予他一片几乎未知的领域。继而是米开朗琪罗，由于无法完成而让自己的雕塑作品处于未完成的状态。蓬托尔莫[1](图 17)……事实上,他被自身的欲望所驱使,

图 17　蓬托尔莫(1494—1557),
《基督下十字架》,1525—1528 年,
佛罗伦萨,圣费利奇塔教堂。

---

① 蓬托尔莫(Pontormo,1494—1557),意大利宗教画家,一生的创作围绕宗教与肖像题材进行,是矫饰主义早期的重要画家。代表作有《约瑟在埃及》《基督下十字架》。

被一种回复的悸动，一种遗憾，一种疯狂所左右，在一致中有矛盾，在宁静和谐的美好画面中有撕裂，在音乐中有不谐音，不能不怀疑存在于某些天才作品中的褒扬精神，与其说来自对现世生活的满意，不如说是来自于某种执拗的内心体验。在纯感官的层面如在透视法中那样可疑，尽管透视法是外部的标准，他们的研究确凿无疑地陷入了对命运的妥协。正是在一片心满意足中，在明确的禁欲主义中，这种探究达到了感知的顶峰。我喜爱明朗生动的画面，我爱这种颜色的排列。如果纯粹理智地去诠释它，我觉得它是彼岸世界更恢弘的晨曦在我们周遭世界的弱化。然而我经过苦苦思索最终理解了——对这个魔鬼般的乌切诺，我有些自豪——它不过意味着这心灵的透明和纯净。这个纯感官的概念来得多么“迅疾”！不过就是这样的。没有什么会发生，甚至没有什么存在，一切都必须自己争取，一切都是通过生存之苦所创造出来的，正如这些地方因为美而成为美景。

如果有谁在精神层面到达过托斯卡纳或者马尔凯的偏僻地带，在那儿寻寻觅觅，慵懒而自豪地打破简单的平日生活，去折断显而易见的现实，去逃避人们俗世命运中的困境，那么他在回程的途中会学到不少东西，不仅仅是在艺术方面。某一天，“旅行者”惊奇地发现，如果他没游览过卡梅里诺也不想去那儿，他至少去过佛罗伦萨，在美第奇小教堂的《夜》旁，领悟到了生活的真谛(图 18)。佛罗伦萨，在紧迫的时光中，是急躁的，黑色的，对某些人而言是善于妥协的；常常沉醉于自己的梦中；但从不会对别人的痛苦熟视无睹；它无法承受皮耶罗不稳定之特质，为了消弭挥汗如雨的热忱而较之更为柔和——佛罗伦萨对

图 18　米开朗琪罗(1475—1654)，《夜》，1520—1525 年，大理石，佛罗伦萨，美第奇教堂。

他而言是一个受伤的、值得牢记的、学识渊博的女教师，一直以来他找寻的就是她，他需要她。她以闻所未闻的方式向他指出图像的可爱，即便是从每一幅中人们都看到了虚无：这些作品整体上不是相互诋毁的，而是各自向着纵深发展，来共同构建一种命运。

我还记得一个早晨，在阿雷佐的一个教堂里，我固执地在一幅残缺剥落的壁画中寻找一只手，我的守护神说它是巴尔纳的无限延伸。然后我忽然感到气馁。为什么是巴尔纳，我为何需要这样一个幻影？这堵废墟中的墙，于我而言只是我的视觉无意识的投影，我首先应该去弄明白这些。我从这座大概叫做圣多米尼科的教堂走了出来，在教堂前的广场上享受温暖的日光；我什么也没做，迈着悠闲的步子，若有所思，像一个参观完教堂后准备离开的外国旅行者；一个想法突然出现在我脑海里。我对自己说，旅行者又回到了阿雷佐。他假设自己从几天前迷失方向的一个壁画那儿重新启程。然而他突然放弃（这个词于我多么晦涩）了对形式的考证。然后他走出教堂，跌坐在青石板上。一个声音在他耳边嘟哝：还是老样子……之后他又开始赶路。不过这一次，他随心所欲地游荡。

这种双重人称意味着什么？为什么“我”变成了“他”？这种观察内心幻觉的外部目光又是从何而来？首先是魔鬼被征服了，至少在这段时间内。但它那诱惑是如此强大，经受的苦难是如此突然而艰巨，以至于在这稍歇的一瞬间我感觉到——或相信自己感觉到——我需要弄明白我自己。我拟定了计划，或者说，是去写一本书。在书里旅行者会重游旧地，更确切地说，是发誓要去那些我没有去过的地方，对那些作品进行一些我从未涉及的精心推理：从而经历那些我从未经历过的，可以这么说，梦一般的幻觉，发掘我所未知的存在理由和这个以中心为名义偏移中心的诀窍，找到我对生活的全新理解。一本书，又是一种暧昧。在文字中重新开始一场被现实打断的旅行，这可能需要我们去封存它，分析它，从而使它更为精炼。那么不如将伤害我的一切献给与时间无关的写作：从词语、有限性和时间中产生的恐惧；同时我也想到，与宿命作战，我对自己的拷问会越来越多。一本双重意义上的书，而非似是而非的暧昧。一本理智最终照见梦境的书。

阿雷佐的这个早晨没过去多久，我做了个转瞬即逝的梦。对于我，这意味着一个阶段的结束。在一个八角形的教堂里，不知道是出于何种不为人知的原因，每面墙壁上都画着一位女预言者，象征着重生。这些画被损坏了，不过以我惯常的思维方式，我把这些毁坏的部分作为对自己的考验，因为正是由于这些缺失的部分，艺术才脱离了完美和表象的束缚，使我找到了画家由于拘泥于外部轮廓和色彩而忽视的内在形态。在一个已经失去原始状态的作品中反而可以出现我们想象中的现实。同时，空中一个缥缈的声音似乎在说："我擦掉了我所写的东西，你看，因为我想你读它。我在三个毗邻的大厅尽头端坐，朝着花园，你可以看到我的裙裾。你在夏天来到我身边，那么渴望爱、渴望学习的孩子，你能花些时间辨认我吗？我将你的头放在我膝上，你哭着……"我凝视着阒寂的教堂里脸庞若隐若现的女预言者；我知道外面正是盛夏，蟋蟀在鸣叫，灯光萧索，那条路。我的一生和我所有的使命，我并不害怕。

不过我尚未准备好。我期待的倒退只是象征意义上的，笔力遒劲，但我无法辨认清楚。这只是一个片段，我能感觉到——我的无意识故意隐蔽了那些丘壑，让字迹变得晦暗。于是我销毁了所有笔记和已经成文的篇章。这样做却并非是要忘却它们。

我记得少了第一页。不管怎样努力，任何时候我都无法重写甚至回忆它。我只知道内容涉及旅行者的来历，与他决定出发的偶然原因有关。他早晨起床，就在一转念间，从他那穷学生的宿舍走了出来。那是个夜晚，在某个潮湿而静寂的东部城市(我几乎用不着怀疑)。

就这样我开始写第二页，忽然间文思泉涌，仿如我亲眼所见，我讲述的是在他世所见闻的事情。我见到了即将成为旅行者的那个人，在那同一个夜晚：他缓慢地走过一个马厩(而我仿佛不经意地看到这一切)，在零落的草丛隔断的不规则的石阶上走着，周围很昏暗，他一直走到一个同样没有灯光照亮的小渠。我依然凭借相当迅疾的直觉，感知到了这个厚重的夜晚。在小渠的附近，有一些房屋，但是没有点灯，几乎看不见；只有一丝模糊的星光照在几乎静止的水面上。然而旅行者必须等在那儿，一动不动，我知道要等好长时间,久得好像潜伏在那儿的士兵们必须快刀斩乱麻一般,在遗忘和无用的寻思中开出一条路来。“我在水边待了一个时辰,”旅行者这样说道(我时而用第一人称写这本书,时而又不),“我感觉自己在这里无法迈开脚步。”这时“最后一片屋子”的一扇门打开了,一片亮光撒向水面和屋面,一个弓着腰的老人出现在门前,消失在漆黑的夜里,又重现于光照的河岸。他俯身向一艘小船,从里面拿出一个篮子,又走掉了。回来后,他关上了那扇门。暗哑的“砰”的一声,并无回音。此时无声胜有声,仿佛一切都没有发生过。是啊,那地方像之前一样,静止的水面上是闪烁不定的光影,一切又重回一种纹丝不动的、无意识的相互存在中,石头面对石头的虚无。

旅行者自忖道:这地方难道没有保留发生过事情的一丝痕迹吗?存在分分秒秒地被遗忘,是否要由我一个人想起?他靠近那条船,它似乎也在等待,顾影自怜,甚至比它认定的时间还要长。事实上这是一条驳船,装的是煤块。船尾刻着一些字母,但他却辨认不出。他记得确实有煤块,在他经过马厩时在他脚下被踩为齑粉……作者在重新组织这一章节时,回忆(第一次并没有这样做)起了他童年的"摩西",这些有着河边被弃的上帝选民之名的柳条篮筐。我早已知道这个故事,这种诠释,虽然我已不能想起,这个故事中的一个句子长久在耳边萦绕:埃及属于我,长河拯救我。后来每当我看到普桑的巨幅油画,那些最诡异的、最富于灵感的,我总感觉到,怎么说呢,它们驱散了草丛中几成齑粉的煤块(图 19)。

这之后,我在《旅行者》之外有机会在一个博物馆里看到了《时间老人》(*Father Time*)。从一个棚铺里闪现出一位老人,他挥起镰刀又让它落下,动作缓慢,钟表的齿轮旧得生了锈,在镰刀的起落中有涌动,有静止,有反复,时钟不再指示我们通常对时间的概念。而此刻的我,紧贴着玻璃窗,如痴如醉,我无法给出另一种假设。也许,我自言自语道,与普通的指示时间功能相反,这个机械以钟表的意愿标记着真实的时间,那个我们无法设想的时间,有迟疑(或者说是罅隙),如我们失之交臂的机遇一样悬而未决,加之以奇迹般的精准。只有在人们不听音乐的宇宙中,这个时钟才见证着我们的潜能……对小渠的回忆又重上我心头。

这同时说明,即便我放弃写这本书,这个记忆却留存

图 19　尼古拉·普桑(1594—1665),《发现摩西》,1638 年,巴黎,卢浮宫。

了下来，时刻准备着苏醒。然而我对以后的章节所做的所有笔记，在我摧毁它们之后我已完全忘记，好像写着写着就被别的遗失的章节取代，一页页地被忘却，无论我多么努力，它们的存在是那么不真实。比如说，对于如何描述旅行者对作品的思考我踌躇良久，不知如何表达我对类型的假设与描绘。这些从前的推论，如此含混，于我已只是幻影，文字只保留了一瞬。至于我那些真正的发现，我的景仰，我的幸运，它们从美术馆和庙宇的迷宫中奇特地消失了，如同从那儿出现一样，对此我没有做过多解释，这座东部城市的大学生。为什么，我忧伤地这样问自己？他难道不是我的象征，我的影子吗？但这是一个层次的问题。在那些本应表达出我真实感受的地方，旅行者的形象陡然增大，在那儿他如同穿梭在云层中。而当我再次看到他时，已然是在另一个空间，一个拔高的空间，在那儿光线更加猛烈，举止更加有范，在一个沉睡或者说心不在焉的社会，金光闪闪的背景下各种事物显然都带着象征的意味。在历史和心理的层面，旅行者并未现身。我让他进入旅店或者火车站，往往以拥抱和虚脱而收场，结尾只留下一两句充满悬念的句子。这期间我看到他面前出现了一片神奇的空间，而主导和限定我探索的理智，注定会排斥它：因为——毫无疑问——那是对罅隙的跨越，是迈向虚幻山坡的第一步，而我却不愿就此前行。

这就是在旅行者身上发生的事。他穿越整个意大利中部，直至筋疲力尽，然后没有目标地向亚德里亚进发。尔后来到了阿佩基奥[①]，在某天晚上。当然我自己也曾穿过这个村庄，大约 20 年前，我在圣塞波尔克罗[②]和卡斯泰洛城之间换了一辆车。在夜幕降临时我在那儿等了一两个时辰，屋顶上聚集着密实的属于石头建筑的寂寥：无动于衷，尤其过目不忘。这样的空虚让一种莫名的激动占领了我，在接下来的数天内仍然无法消散。我甚至梦想着回到阿佩基奥；我神游了此地。不是吗？是阿佩基奥在我眼前！但今日的村庄荒无人烟。没有人回答旅行者的呼唤，家家关门闭户，静寂无声。在夜幕降临以及稍晚些时候，旅行者在阿佩基奥闲逛。只遇到了一匹和

① 阿佩基奥(Apecchio)，意大利小镇，位于意大利中部马尔凯地区的毕萨罗和优比诺省。

② 圣塞波尔克罗(San Sepolcro)，位于意大利托斯卡纳大区东部，靠近阿雷佐城，是文艺复兴时期画家皮耶罗·德拉·弗朗切斯卡的出生地。

他一样在闲逛的马匹。**一匹神马**,我这样写道,我非常在意这些用词,它们留在了影影绰绰的街道里……之后如何?我在一个暴风雨的夜里夺身而退,留下旅行者在阿佩基奥北边一个空空如也的小教堂中。

明媚的清晨,在如洗的晨光里,旅行者穿过田间碎石上路,在丘陵上信步由天,然后在荒芜的原野上出现了这段高大的城墙。四周环绕着低矮的地平线,他沿着城墙走,天空一片湛蓝,仿佛世界即将终结。在他的印象中,尽管有光线,但是光线之外是一团漆黑,仿佛世界的线条在凸透镜的重压下卷了起来,一团团的颜色从表面掉落下来。他饥寒交迫:橘林近在咫尺。确实是一片橘林!法式的橘林令人诧异地出现在南托斯卡纳山丘顶上,我很清楚地知道——这个比喻——就是这本书的结尾。低矮的橘林,沐浴着仿如从四面窗户上透出的阳光,我知道这是从黑暗的水边出发的旅行者应该止步的地方。这次是"白色",这富饶聊胜于无。炽热而又刺眼的强光让我无法看最后一眼。即使周围的一切都井然有序,即使我正走向更高的三位一体,它却缺失了,只剩下我的假设。我做了好几种假设,说实话,我不知自己是否可以选择。

第一种假设，或者说幻觉，可以说是主要的：筋疲力尽的旅行者撞到了一块石头，倒下去，滚到了一个斜坡底部，受了重伤。他拖着身体呼救——正好墙上有一个矮门，他推开门，橘林出现在草丛的尽头。这时他听见身后的脚步声，感到有人碰触他，这个地方的女看门人低头把脸朝向他。莱昂纳多·达芬奇画中的安娜，俯身的安娜（玛利亚）有着这样的微笑（图20）。在呓语、高烧之中，表象最后的碎片剥离了，旅行者眼前漆黑一片。在几乎失去知觉的情况下，他闭着眼睛，感到有人抬着他往什么地方去——然而他并不害怕。在这个结尾的另一个版本中，旅行者在橘林里得到了照料，并且心里很清楚，因为他听见了外边蟋蟀昼夜不休的聒噪。但在我的另一种想象中，他进入了一个密室，听到身后的脚步声，他有些害怕，于是逃走了——会出现怎样的面孔，何种恐慌会使何种欲求丧失？——他跌倒了，又爬起来。我在害怕什么？爬起来又象征着我超越了什么禁忌？我倾听着，感觉到还有别的不同版本，别的面孔。基本上是这样：一天夜里，旅行者在佛罗伦萨遇到了一个陌生人。这位陌生人比他（明显）要年长许多，似乎对意大利艺术很内行（但也

图 20　莱昂纳多 · 达芬奇(1452—1519),
《圣安娜和圣母子》,约 1506 年,巴黎,卢浮宫。

没明确解释什么),特别是在那些旅行者放弃去了解的方面。他们含糊地对着话,言辞隐晦,那是在欧桑米歇尔教堂,谈话关于教堂里这幅孤零零的画,尽管这幅画很难辨认。当然,他们也谈到了上面的密室——阁楼——和它闲置的含义，此时此刻这个冬季的夜晚似乎无边无际。然后另一个人（在我的想象中，他如此高远，如此超前？）紧跟着游荡者的步伐，时不时在这里或者那里打探他的消息。这样他来到了阿佩基奥，门又打开了，他来到橘林，和一个年轻的女人说话。陌生人在门前凝望着地平线。在干枯的石头上，空气中弥漫着复活的气息。各种形状和色彩混合在一起，仿佛火焰升腾扭动，一个声音呼喊道："漫长的等待结束了！"然而我却不急于迈向这个方向，它过于新潮——抑或过于陈旧。一方面，幻影顷刻间变得清晰，变化多端，无法用言语形容，亦无法在空间中展现；女人的面孔开始重叠，一张模糊，另一张更年轻，十指尖尖，笑容一闪而过，沉入黑暗之中。另一方面，我必须承认，在这些重叠的故事情节中，在这四个版本里，第五种可能性如外界吹来的一阵风，也在产生着某种影响。《奥达利》，我三四年前写完后又毁掉的小说，由于这些细枝末节，这些立体化的重组，已超然于任何心理分析和真实性之外，它坚不可摧，仿佛水从墨迹中蒸发了。

4

尤其是由于《奥达利》“袭上心头”，我摧毁了剩下的或者说我所酝酿的新书。这个结构的重现，与它那谜一般的刻意，它密闭的永恒，它寂静的自觉，太明显地意味着我放弃去理解的企图，如若它——是的，在小渠之后，在阿佩基奥和橘林之后——在我看来一直是唯一合理的构思。我将撕碎《旅行者》，因为我不愿有想象的文字被密封起来，我想要的是理性的分析，这种道德经验的先决条件。然而，人们或许会惊叹，我并没有为这些目的而整理手头的资料，不是在这个“东部的城市”，而是在我自己的生活里，现在或过去的，尤其是当我不缺回忆、观察和预感以形成一个大致和谐的思想时。那些我笔端的神话，对于思索的洪流和记忆而言也许捉襟见肘，但也许可以成为邀宠的 X 光下的细节，与生存的事件相接近，并提供着证明和线索。其中一个尤为明显。不管结尾的格局暗示着何种含义或现实，俄狄浦斯式的构成要素闪着耀眼的光芒，标志着一种方向，而我最终找寻到了，那并未隐身的第一处腹地。我的童年由一种地域上的二重性标记整合着，长期以来，只有其中一个对我而言有价值。我喜欢或拒绝着，把法国的这两个地区相对比。我把这种对峙变成了一出戏剧，所有细微的感觉都被调动了起来。

一方面，在我出生的那座城市，一种对我来说是不愉快的经历，最终使我的记忆定格。在上次世界大战前的图尔，我只见到荒无人烟的街道，在深层的意义上，它们确实如此。我们住在一个贫民区，那里的房屋矮小破旧。男人们在工厂工作，而妇女则整日藏在几乎总是半掩的百叶窗后擦拭她们的家具，只有孩子们尖厉的叫声间或会打破这种宁静。我躲在小餐厅里，从木窗板缝隙中窥视六月火热的沥青路，有市政洒水车会驶过。我开始为无休无止的数字感到焦虑。夜里，晚餐时，在灯光的晕黄下,我开始在面包中找寻那神秘的点,从面包心开始,到面包皮结束——完全是徒劳。不过这样做,我总算对将至的夜晚有了打算,度假前夕的夜晚,神秘而神圣的夜晚,时常有火车隆隆驶过无边的乡村,或穿越隧道,或在一个静寂的小站停下。我大概要这样问自己了:我会留在这个地方吗?从这儿开始了一个新世界吗?很多年以后,在研究维尔斯特拉斯逼近定律的预备定律时——这种定律试图揭示点的概念以及直线前后的概念——我突然感到一种莫名的冲动,夹杂着喜悦和悲伤。我看到自己躺在长椅上,面孔埋在一件折起的衣裳里,想睡又睡不着。心头萦绕着两个地区的分界点,两股自童年开始就有的冲动在我身上刻下了永远都抹不去的印记。显然,那与其说是地域,不如说是一种神秘的空间,一种超验的转折。

另一方面,印象里是一派丰收的景象。清晨,我们跨过通向院落的矮门。院落位于屋子和教堂之间,更像是公园,因为里面有茂密的大树。我跑到果园深处,它一直延伸到日照的山谷边。果子开始成熟,克洛德皇后李①,

① 一种李子,以法国国王弗朗索瓦一世的王后法兰西的克洛德命名。

蓝色的将持续一个月地落下，再晚些时候是无花果，还有葡萄——李子咧开了，散发着招惹蜂群的诱人芬芳——由于迷恋，我几乎哭了起来。我的流亡结束了。蔡诺碧，一个45岁的妇人，又胖又邋遢，端着皇后般的架子，从这儿走过，用短棍赶着鹅群，一直朝鸡棚走去——一道走廊，一个厨房，一间满是鸡屎和咕咕下蛋的母鸡的客厅——这是一个充满生机的地方，四周环绕着人家，仿佛花冠。我想起了很多关于茂密的草丛，关于风，关于屋子和村庄的事情。但是，即便是不像图尔那样让我反感，图瓦拉克（Toirac）在我眼里，至少现在看来，并不是因为我喜欢才出彩，这就足够了。是的，我觉得这个地方很美——灰色的石块裸露在地面上，城堡与世隔绝地高高矗立着。在我内心深处的追求上，它甚至塑造了我，用它那辽阔荒芜的喀斯[1]，以及有时候会连绵数天的暴风雨。然而在这些艰难之美中，如果没有别的优点，我又于偶然间发现了什么呢？九月离开时，那初秋的薄雾尚未蒸腾，我们留下了即将

① 法国中部和南部的石灰岩高原。

成熟的葡萄。一年之后迎接我们的又将是这样一个无尽的夏天，而这座山谷，山谷下的这条河流，这些山丘，没有时间的国度，安宁梦幻的大地，对生死一无所知。在这个地方，肉体，如同兰波所言，仍是挂在树梢的果实；而马拉美眼中浅浅的溪流依然隐藏在深草之中。因而，这也是一个意境中蕴含宇宙深意的地方（天真一点说，必须马上阻止这种冥想的冲动），其奥秘不在已完成的存在之中，而在精华的协奏中。“金叶子”，是的。事实上，这个“中央高原”，因此蕴含了绝对的含义，与我之后对于腹地的想象如此相像。当那些我不太愿意看到的迹象——杨树下的铁桥，油污的水塘，其他种种意味着空虚无聊的东西——凝固在最初的光线中，随着年龄的增长，我相信这原本只是我的一个梦，自此便断了念想。

祖父母去世了，我还记得参加第二场葬礼时，我就知道这标志着我童年岁月的终结，对此我一点都不怀疑。初入学堂的小学生们聚集在墓地，荆蔓刺激着腿部的皮肤，他们不停地重复着同一句拉丁文。紧闭的大门，忙碌而又漠然的钟声，一切仿佛是故意为之。而我，满怀着激情，朝洛特河[1]对岸山丘的一棵大树投去最后一瞥。我理应站在这里，在这片小小的墓地前，但是不，我朝那个方向走去，在相距几步之遥时停住了脚步，深深地陷入四周的空旷之中。

当时的我究竟怎么了，我今天才明白。在天与地之间被孤立，鲜明的形象，无意义的符号，我在他身上看到了自我，从那时起我明白人类在本质上是有限的。如若我当时决定让这种有限性成为我"粗糙的现实"，我的"职责"(是的，当时我的想法的确如此，并坚持如此)，我并未因此停止做梦。只是这个梦不再位于触手可及的近处，而是在彼岸，在意象中，在相对和无限令人遗憾的结合中再次成形。"那棵树"，如同我后面提到的那样(晚上我想起了它，我期盼再见到它)，是第一个分隔可见的界限。它已是阿佩基奥更远处的地平线，我可以很容易地，在我那与神话相比显得黯淡的《旅行者》中仔细描绘对它的记忆。

而这一天终于到来了——在现世和彼岸之间的路

---

① 洛特河(Lot)，法国西南部的河流，加龙河(Garonne)的支流。

标——我将遇到其他的征兆，开始拥有一个新希望。那是在图尔，仍然是这个我想据为己有的地方，不是没有无家可归的忧虑。我当时12岁，正在学习一些基础的拉丁文，很快我就被这些文字迷住了，它们带给我的是无法言传的空间感，某种秘密，尤其是那朗朗上口的令人钦佩的句法。比如说，根据性数格的变化，可以不用介词来连接词语。夺格，不定冠词，将来分词，可以在一个词语里或一个紧密的结构里浓缩思想的第二维度，而法语却用离散它们的方式来表达。这种紧凑更亲密地直指意义关系而非削弱它，以一种隐身的方式揭示了无法想象的词语的内在性(一种物质存在)。那时我并未以这样的用词去思考这种深度，我还一无所知呢。让我的思想定型的，更是那些画面。在我眼里，拉丁文像一片墨绿色的叶子，浓密茂盛，像一棵灵魂的月桂树，透过它我发现一片空地，一缕轻烟，一个声音，一块摆动的红绸。我等待着，也不知何物，到某天晚上我重又面对方方正正、泛黄的书页，掺杂着罗曼字体和意大利斜体字，那是段关于地点的文字。

当我开始阅读的时候，我感到目眩神迷。书中的内容一下子深深印在我脑海里，第二天，我是第一个或唯一被询问的学生，我在近乎迷狂的状态下讲述了我的发现……我学到了什么呢？如果要表达 où（哪里）这个意思，可以用 ubi。但 ubi 这个词只是指我们所在的地方，而说我们从哪儿来，有 unde，我们到哪儿去，有 quo，从哪儿经过，有 qua。一个模糊的语言单位因而有了四个维度。这个在法语中只是隔靴搔痒的 où（哪里），具有了一种让人意想不到的、深刻的空间性。同时那黯淡的谜一样的现世开始为记忆、为将来、为科学而展开。这就好像我们习惯了曲线的简单概念，但又学会了导数和积分的基础知识。这些基础知识在几何、在代数里出现在不仅仅是用其来解决问题的层面，它们在一个更广泛的结构中解构了平面。同样，我希望拉丁文，这种更明智的语言，这种流亡的话语代数，能够使我明白我为什么有迷茫之感以及应该去何处寻找。在书页的下部，以更小一些的字体说明着 ire（这个动词是何等深刻，毫无疑问！）可以表示我们要去的地方而不用使用任何介词，只需用宾格。Eo Romam①！多么壮美的传递性！动作是何其自

① Eo Romam，意思是“我去罗马”。

然地与目的地联系在一起！语言的功能是多么强大！仅仅这两个词，于我仿佛就是一种承诺。

我开始阅读维吉尔以及其他的一些古代诗人。他们的句法是那么晦涩，面对这些早期遗留下来的观念意识，我几乎感到恐惧，而它们则一步步揭开了面纱。然而今天我不得不承认，我的目的是模棱两可的。因为我很快甚至是马上就明白了在这些形式和作品中没有什么值得去发现的，在类型和生存方式上都是如此，个中只有成年人和世界上操不同语言的诗人所了解的事物。但这个幻想，仅仅是保存它，就让我可以勾勒一个伟岸的梦想。拉丁语唤醒了一片使用过这种语言的神秘的大地。维吉尔召唤着神一样的牧羊人，音乐般的语言讲述着他们的故事，时间在空间中燃烧，就像秋天野草的火焰，天空更加广阔，这是个牧场众多的地域，还有成片的森林。意大利半岛的心脏，在我眼中承载着生命，确保谜一般的永恒。一种语言的魅惑让我面对一个地平线，一片土地。当我逐渐对维吉尔、卢克莱修和老恩纽斯①对去罗马旅行这

① 恩纽斯(Ennius，前 239—前 169)，罗马共和国时代的作家，被认为是罗马诗歌之父。

个承诺的背叛习以为常时,这个第二故乡超越了失落,弥补了失落。

我已然在做一种“推理”。我对自己说,维吉尔语言表达的深刻和别出心裁并没有达到拉丁文可能达到的程度。他甚至贸然去试探希腊山脉中那虚幻的别处,然后才回到布林迪西[1]这个“人们途经的地方”,并长眠于此。这难道不是仅仅因为他所处时代已无秘密可言吗?难道不应把诗歌的这一时期往前追溯,一直追溯到拉丁文之前的方言,无论是在语言还是在邻近地区的山谷和丛林里?多美妙的设想啊!拉丁语越是让我失望,通往罗马的道路就越是遍布名胜古迹,这些本身就已足够。另一个中心确实存在过。彼岸在地球上永恒存在,对我而言,它第一回以这种方式显现,与可见的现世绝缘。因为我同时也涉及到了无法查证之物,梦想变得新鲜,不断地清风徐来抑或是暴风骤雨。很久以后——我已经拜访了佛罗伦萨——当我读到可敬的雅里的 *Descendit Ad Inferos*[2],其中列举了奥维

① 布林迪西(Brindisi),意大利东南部城市,有东、西两个港口。老城多中世纪教堂和古罗马遗迹。

② 拉丁语,他下到地狱。

德的《岁时记》(*Fastes*)中的一行诗,我找到了持久的证据。这几个词是 *Amne Perenne Latens Anna Perenna Vocor*[1],这句诗真的有魔法,也部分地诠释了我的惊奇、我的执着甚至我的记忆,直到现在几近 20 年了,仍然那么强劲地复述着这种神奇。更甚于在河流、永恒、忘却、语言和神之间无歇无止的游戏,这个女神面目模糊地把一切混淆于她稍纵即逝的名字里,混淆在春天的台伯河水中。

总之,腹地在阿佩基奥不远的地方拥有它的领域……实际上,每当我要在这个小镇上等上一两个时辰时,我总是被感动,尽管没有理由或者正是因为阿佩基奥纯粹就是一个路人歇脚的地方,但它位于接近中心地带的奇妙区域,尽管还看不见它。我会感到非常慌乱(这无疑是最恰当的词语),我理应了解这是为什么。我马上想到,若要把真实从记忆的涌动、从欲望的幻想中分离出来,我最好是把它写下来。但我说过:Vorrei E Non Vorrei[2],某种说不清的东西让我拒绝去完成这个任务。

---

① 拉丁语,意思是“我被称为安娜佩雷拉,宽阔的永恒之河”。

② 意大利语,意思是“我想和我不想”。

于是我开始自责。决心去挑战有限性，阅读波德莱尔、兰波、舍斯托夫，在书的卷首题写上有关精神生活和死亡的言辞，又有什么用，如果这一切只是为了即便不能重新坠入最初的梦，至少也能处在梦留下的无边遗憾和阻隔中？我可以斩钉截铁，但我并没有这样做，这难道不是因为我内心深处认为这种模棱两可是可以接受的，甚至就是我的现实吗？这段时间是我最黑暗的时光。我写诗，在诗歌中听任理智出于害怕而发出指责的声音，从未点燃火，却让它熄灭在我希望它出现的书桌上，被几乎让人窒息的糟糕睡眠取代；而我所选择的铭言，新的铭言，几乎是对前一篇的背弃，在一种幻象的影响下，也在严厉地威吓我、责备我。实际上，我所自责、自认为能分辨和判断的，是我在艺术创造的快乐中把优先权给了存在的经验，而不是作品本身的美。我正确地看到这样的选择，一字一句地将词语变成语言，创造了一个能向诗人担保一切的世界；只是在与生动的日子分离，在漠视了时光的流逝以及他人后，作品不再有别的方向，除了通往寂寞。由这个判断，我不假思索地下结论说，这个质疑应当延伸至任何对于这种封闭或形式的需求并非持明显否定态度的诗歌，至少那些明了时光的威逼却又噤口不言的诗歌。

在我看来，一切都很简单，当我不再自责，不再想方设法地去协调我的忧虑、自责和写作时，一切都变得无比和谐。我对《红沙》的记忆又上心头，这样说吧，我一下子明白了我对这本书之所以感兴趣的原因。是的，当然。我不能接受罗马消亡。我暗自犹喜地想，那似乎被死亡战胜的却是永恒之所在。而这种死里逃生发生在沙漠中颇具启示意义，因为它远非在绝境中，通过某种信仰理所当然地战胜死亡。我想象着这场遥远的大捷，在孤独的梦境中，在徒劳的文字中。最后一页真相大白，我深受感动，即使读到这里时，我并没有完全理解。应该说叙述并没在我停止的时候终结，在沙漠超验的时光中，这座城池远离尘嚣，周而复始。(永远的)爱人，(绝望的)忧郁，年轻的考古学家决定回到法国，人们在一列中亚的火车上见到他。有一天早上他醒来，到了一个鬼才知道是哪儿的小站。站台上有许多人，喊叫着，推搡着，做着买卖——他不经意地看着他们，天哪！那个年轻姑娘，距离他两步之遥，正从人群中离去，就是她，在沙漠的地下回廊中消失的那个女孩。他跳到站台上，跑了过去，几乎追上她，但是她在车站的一栋楼那里拐弯，另一边仍然是那些农民、牲畜、篮子、行李，而那个罗马女孩，他寻了很久，呼喊着，哭泣着，却无影无踪。“又一次失去她!”应该是第三次，像第一次一样，这次却再无希望。我也为这个残酷的结局哭泣。为了解释这场奇遇，我做过无数个无用的假设，发觉命运如此不公。我长时间地期望丛书能侥幸出个续集，来修正这个不幸的结尾；然而，我知道什么也不会发生。

现在不需要等待其他什么了，我理解，我知道。在事件井然有序进行的层面上，是啊，这个结尾是无法解释的，肤浅的心理学和幼稚的道德也无法解释，但在另一个层面上，在本体论的层面上，它却是再自然不过的，甚至只能如此，因为它打开了给予书本意义的关键，宣布了写作中潜在的谬误。再一次地“失去她”(事实上第一次是在白昼)，这个女孩不管怎样只是被人惊鸿一瞥，用她那已消逝的语言简短地说着话，从那个既不可预见又未雨绸缪的世界内部，被一个昏暗的罅隙与生活隔绝，与时空隔绝？哦不，因为她甚至从未在某时某刻存在过。即便对考古学家而言，这个罗马一直以来也只是一个伟岸的梦想。例证就是这种深奥的语言，用起源的象征符号，写着禁止他往前走。没有比这个警示更模糊的象征了，总之，它只能让人了解它试图隐藏的东西，蕴含着后来的桩桩事件就像胚芽孕育着植物。

这正是梦境的空间，在那里人们停止时却在向前进，并对未知物心领神会——在那里人们假装穿越一个“神秘的边界”，实际上是因为想逃避另一个世界的现实，对有限性的认识迫使人们在精神上接受它。书的两个谜不是一先一后，而是相互重叠，而且甚至就此消失。在日常生活中，在流逝的时间之堤，那些丢失的机遇和缘分，关于镰刀的奇妙悬念，男孩看见了某个年轻姑娘，他“应该可能”爱上她，如果他有选择，去重生，去死亡，他宁可“抹杀”(用马拉美的语言来说)这种存在，拒绝去了解那些矛盾，那些局限，那会使他联想到他自己的矛盾和局限，而去在永恒、在时间之外重建他的偶像。这样做后他以为把她从虚无中解救了出来：他不是使她成为了他的王后吗？但那是在一个没有物质、没有未来的世界里，他只在梦想和作品中拥有她，刹那间，她就消失了，从写作的罅隙中，至少是从他的生活中消失了。那只是一种表象，而非一种命运。是全部又是虚无。美学创造那令人生畏的辩证法，又一次，像从回响着遥远不可知的海的珍贵贝壳中剔去里面的东西一样，拿走了生命中的每时每刻。我重又对《红沙》的作者选择拉丁语来象征原初和第二性的语言感到钦佩：文学创造被一个字一个字地从日常生活用语中剥离了。这本小书是多么适合我啊！简直可以说是做了个梦，主人公亦如此。

然而，如果说是我们的阅读经历在梦想着我们呢？不管如何，如果是需要从其中一些梦中醒来去更好地理解生活——首先是其心中的写作，它比这些书本身所暗示的更加辩证，更加丰富，不管这些书有无篡改它——呢？我理解，这样说吧，我知道……却不尽然！我还需要理解别的某些相对的事物，而且马上——从我所提到的那本书的最后几首诗起，还有我即将提到的重回意大利之行——我早已开始学习。这是项晦涩的研究，有几次我几乎迷失在其中，至今未完成，也许永远也无法完成：我是说对于那些不以简单的认同自我（的能力和局限）为资源的人们而言。

5

我乘船从希腊返回，第二天应该到达威尼斯。在那些长方形的神庙里，希腊再一次让我想起此处和谐而简单的生活，但它渐行渐远，重又入画；而意大利，这片充满意象的土地，愈来愈勾起我的思绪。在这种思维的分裂中，我整夜都在写作。一种记忆萦绕着我，感觉与这种矛盾，与我企图战胜它的欲望不无关联。在德尔菲①，在一所小型的博物馆里，我重又见到了纳可西(Naxiens)的斯芬克斯(图21)。这一次，依然是他的双目让我惊讶。双

① 德尔菲，阿波罗发布神谕的地方。在公元前6世纪到公元前4世纪，德尔菲神庙是古希腊的宗教中心和希腊统一的象征。

图 21　纳可西的斯芬克斯，公元前 6 世纪，
大理石雕像，德尔菲博物馆。

眼圆睁，人们知道，这是种智识之初喜悦的眼光。然而数个世纪过去了，风霜雨雪，岁月更迭，大理石被侵蚀了，上眼皮几乎成了眼球上的一道褶皱，实际上消失了：人们甚至可以相信斯芬克斯闭上了他的眼睛，不过他仍然在微笑，可以想见他在做梦，目光投向了内心的图景。斯芬克斯看到了什么？是稳定的形态还是变化无穷的化身？抑

或是他将所见融合于新的视野，一种决绝的目光之中？当人们发出这样的疑问时，另一个问题又涌现了出来。我暗自思忖，岁月的沧桑以如此简练的笔触赋予作品如此丰富的内涵，很难想象雕塑者没有预见到这一点。他知道雕塑会在山羊扬起的尘土中朽烂，于是他在空空的眼眶上描上了细细的一笔，为的是让岁月抹去它，让牧羊人沉思。他在利用时间的时候没有去思索它的本质，它的要求，也许是它的效用吗？这难道不是作品中他唯一允许时间去改变的元素的含义吗？空间认识与智识，可辨识的美与另一种未知的美，这样一种明确的关系，在我看来，就等同于斯芬克斯。为了运算出这个方程式，我的笔记本上布满了拥挤局促的文字。笨拙地渴望着一种协调，这种念头，于我并非第一次。

也许我看得太久了，下午和晚间，浪花在船尾集结翻腾，港湾时开时合，群岛分散开去，天空翻滚着云霞。可能是马达和海水拍打船舱发出的噪音影响了我的思路，我把文稿修改得体无完肤，而当我爬到甲板上，在漆黑的夜里，去凝望布林迪西的灯光时，却什么也没找到，什么也没丢弃(也许这已足够)。我想至少能看见港口的那些船只、货栈和灯火辉煌的大教堂。但我却逐渐被悲伤的思绪缠绕。我对自己说，这儿是维吉尔死去的地方，留下了他未完成的诗作。而我呢，今晚，我做了什么？我被独自留在大海的无边无涯中，机器倔强地轰鸣，意味着时间，对德尔菲石板的回忆，意大利在我面前，我一切了然。我又一次被海市蜃楼攫住，无助地探视它，想逃。忽而那船只跟随的堤岸，在朝霞晨曦中，让我委实感到胁迫。我预感到这个迷宫受到美这个谜的蛊惑，像图画中被引入虚无的宙克西斯[①]的众鸟，我最终会迷失，尽管我曾向往过它。当下午缓缓抵达威尼斯时，我的担忧被证实了。因为天空，尽管有阳光，却是黑压压的，大海，尽管不通透，却是非常明亮的苦艾绿色。我想象着，那些低矮的岛屿、建筑、教堂，甚至帕拉迪奥设计的，也只是负片，有着无数的虹彩，而正片是张无法冲洗的相片，只在别处充分地展现，或说是在别的某个大厅里吧。

不管怎样，这天我还是在一个真实的城市上岸。看到

---

① 宙克西斯(Zeuxis，前464年—前398年)，希腊画家，其画作已经完全遗失，但被古典学者认为是古代最伟大的画家之一。他的艺术特征是颜色的调配和光影的对照，使空间呈现虚幻之感。

四处张贴着海报，还有标语，预告着一场画展，而且是一场少见的古代艺术回顾展，我从未想到会在路过威尼斯时与之相遇，因为展出的是卡洛·克里韦利[①]和他的模仿者或学生的作品。这个画家的画作，我基本上在伦敦看过，但并无好感。当然这种拒斥的唯一原因是克里韦利的平庸。我并非厌恶他通过黑圈来使人物面容显得沉重的创作手法，还有他那些秋天色彩的世纪末的富丽画框。当审视这些海报时，我对自己说，如果他们只是简单地描述这些既庄严呆板又童稚十足、时而略显邪恶的高个儿的圣母像，如果人们又说在这幅装饰作品中有曼泰尼亚[②]的影子、有贝尼尼的影子，说它是在安科纳[③]和马切拉塔[④]的神秘地

---

① 卡洛·克里韦利(Carlo Crivelli，1435—1495)，意大利文艺复兴时期的画家。他的画作以强烈的装饰性而有别于同时代的主要艺术流派，与曼泰尼亚的风格迥异。代表作为1486年为马尔凯地区的阿斯克涅·皮切诺的圣弗朗西斯科教堂所作的《阿斯克涅·皮切诺的喜报》。

② 曼泰尼亚(Mantegna，1431—1506)，意大利文艺复兴时期画家、雕刻家，北部意大利的重要人文主义者，其风格与15世纪中叶的哥特风格分野，且终其一生未脱离这种态度。代表作为《死去的基督》《圣塞巴斯蒂安受难》。他延续了对透视法的革新，人们公认他的主要贡献是“仰视透视法”，影响了接下来三个世纪的天顶壁画装饰艺术。

③ 安科纳(Ancône)，意大利马尔凯大区的首府和最大的港口，也是一座古城。

④ 马切拉塔(Macerata)，意大利马尔凯大区马切拉塔省的省会，历史悠久，拥有众多文化古迹，是耶稣会教士利玛窦的故乡。

区间、在亚德里亚海岸的不同城市里完成的，是的，如果人们对我如此宣告这种奇迹，就算由于那些黑圈有些谨慎保守，我立刻会有某种冲动，会奋不顾身地自投罗网。之后我去看了展览，我的想法没有改变(因那简单的平庸，没有第二重背景，没有秘密可言地存在着)，我仍然含讥带讽地看待它。总而言之，我如今这样回想，这就好比一场对方缺席的约会。于是人们逐渐意识到可能从未遇见过他，对他一无所知，甚至怀疑他的存在，只保留着有过约会这个事实……并未被这样的想法羁绊多久，我的注意力就被祭坛后的一个装饰屏，或者说它下面的装饰画吸引住了。

我查看了目录，发现这是人们称之为克里韦利派某位门徒的作品。这是一个不太出名的工匠，时人对其评价颇有争议，但是画作却展现出一种我认为高于师傅的才能。没有沉闷的晕圈和色彩，在我的记忆中，画作多了些通透和明亮。但不是这个问题，至少我这么认为，吸引住我的是一张表情独特的面孔。在圣母和圣子下面以及周围其他的男女圣徒之中，有一张年轻的面孔(10 年之后再看相片，我已辨认不出)，天使般地微笑着——这到底是不是微笑，这讥嘲的颤动，带着激情，在我看来浮动在她的面颊上？图像很小，她受过苦，不太容易辨认，为谨慎起见也最好不要太过追究。但我身在意大利，觉醒的守护神鼓励我尝试去辨认这种含糊，把缺憾变为完满，一个想法突然出现了。我对自己说，这张面孔，用微笑(尽管这不是一个微笑)表达着一种未知的情感。并非是图像的缺陷阻止我们辨认的一种情感(它没有缺陷)，而是一种与信仰比肩的生存方式，一种救赎，而我们却忽视了，而且只能忽视。它实质上超越了我们，因为我们的意识类别，或者我们所了解的过去其他时代的意识类别和它曾经的模样没有任何关联，没有任何隐晦的边界……可以看到，这样的猜想并不新鲜。当我这样猜想时，我很可能要无可奈何地承受它，并感受到一丝疲倦。这一次却不是这样，无比的轻快，如此轻松的信念，始料未及地发生了，我认为感受是深刻而持久的。

但我必须这样明确一下，“未知的情感”的想法，这次并非像以前一样子虚乌有地出现，而是更直接，正对着我的生存景观：仿如一个梦，毫无疑问，却又有面对它和实现它的渴望，以最个人的方式体验它。它的背景，可以这样说，不再是我某时某刻的生活，而是一种想象性的结构以最初的想法出现，尽管稍稍滞后，还明显很不完整：也就是说一个故事的雏形，乃至一种叙述的构思。一种未知的情感，当这位洛伦佐·亚历山德罗[①]举起画笔时，一个精神的变化，此后无从追踪，但当时确实影响了马尔凯(这是怎样的巧合啊，距离卡梅里诺仅仅几步之遥)幽暗的圣塞维利诺[②]地区？是的，同时又意味着一位研究意大利 15 世纪绘画的艺术史家，有一天……噢，不，并不一定就是这幅画。我这样描述，这是故事叙述者的权利，一幅更难界定的作品，难以定位：它或许来自翁布里亚[③]、马尔凯甚至是南托斯卡纳，而这主要是因为那种回响来自对空间的处理方式，与透视法出现之初最伟大的作品类似。祭坛装饰屏长久以来已经被忘却。或者在一个阁楼里，或者在某个圣器室积满尘灰。尔后，又被找到，出售，再次失踪，在一个美国的陈列馆里，也许被作为摄影作品发表在《伯灵顿杂志》

---

① 洛伦佐·亚历山德罗(Lorenzo d'Alessandro, 1455—1503)，意大利画家，晚期哥特风格的诠释者。

② 圣塞维利诺(San Severino)，意大利市镇。

③ 翁布里亚(Ombrie)，位于意大利中部，被认为是托斯卡纳的翻版，以众多中世纪特色的小镇而闻名。

上。而历史学家呢……

好吧，这就像是在某个地下画廊里并排摆放的三四盏灯突然同时亮起，相映成辉。我重回展厅的长椅上，然后来到公爵宫殿的大厅里，在膝上记着笔记。第一个想法，与第一道目光完全同步：历史学家可能在《伯灵顿杂志》上看到这张图片，他即刻对自己说这毫无疑问是一种未知的情感。为了分享他的发现并寻求帮助，比如找到别的图片和一些档案记录，他在杂志上发表了一篇文章，这让他的声誉毁于一旦。因为他能激起的只有嘲讽和漠视。

不过有这么一天早上——这是第二盏灯，画廊更宽敞了，灯光也更为柔和——他在来信中找到了答复。一位语言学家给他来信了。他写道："先生，偶然之间我读到了您的文章，它让我困惑，但同时让我心里有了着落。长久以来我一直在研究罗马建城前的意大利方言。一点一点地，通过对照和比较最古老的拉丁语、希腊语、我们所知甚少的伊特鲁里亚语、奥斯克语、贝里尼基语或马尔凯语；通过研究神话，不时有断层和突然的发现——是的，这几乎看不见，仿佛未知的两边被重新缝合了；在我认真地查阅了伊库维姆碑铭[①]和晚些时候的诗歌章节之后，通过辨认几个词语，严格来说几乎无法翻译，在我们的语义体系中几乎难以定位的几个词语，我得出了和您相同的结论。在翁布里亚方言中，就是这种您所说的那个地区讲的这种方言，早在您那位画家所处的时代之前，出现过一种未知的情感。我们必须见面，这很紧迫。我们一起……”历史学家没有在结论上作过多停留，他激动万分，即日启程。语言学家在他远离巴黎的一座美丽安静的房子里接待了他，开始陈述他的假设，他的推论和他的构建，他甚至说是他的证据。

此时，在第三盏灯明净而柔和的光线下，我还在我的小笔记本的封皮和空白处乱涂乱画着，但是速度更慢了。语言学家坐在他的大书桌前。他的书房有四扇窗户，书架把它们分隔成了三扇，黄昏将至的温暖令人惬意地包裹着，不，是悬置在满是彩色羽毛的鸟和叶丛的花园里。

---

① 伊库维姆碑铭（Tables eugubines），1444 年被伊库维姆（古比奥）当地的农民发现，随后卖给市政府。碑铭由七块青铜金属板构成，用拉丁字母和翁布里亚字母记录着复杂的驱魔和赎罪仪式。伊库维姆碑铭是翁布里亚语和语法研究仅有的原始资料，更是研究翁布里亚人宗教和宗教行为的唯一资料。

语言学家讲啊讲啊,历史学家倾听着,分享着他的推论,几乎理解了他所说的证据。他的预感被证实了,这令人倍感欣慰。是否真有一种未知的情感存在过呢?如若有几个词语去说明它,去帮助他了解它,他所感到的困惑(他承认)是否会消融呢?为什么正当此刻,如果历史学家还是他自己,让他的专注反而略带嘲讽,从遥不可及的精神伊甸园回到他的缜密思维逻辑中——词语——这个语言学家的发现,却阻隔了他自己:说出来仿佛偷梁换柱?多么奇妙的熨帖啊,既私密又疏远,既让人信服又玩世不恭!就好比欣赏一幅根据透视法创作的画,但不在画的前方也不在同一高度,而画的效果在亦张亦合的景深上交织着。而他不能委身于幻梦,他听见了数列组合的乐声,这让他平静,让他满足。因为这是如此令人惊异!从打碎的花瓶中散发的芬芳袭来(他感觉到了,嗅着),而今天早晨他还难以预料,这深邃的时刻到来了,他的抉择如此精妙,生于其间如此美妙。我将怎样解释这一切呢,事实上我深感迷乱?啊,山峦背脊上粗犷的大路,似乎在远方召唤我们,用它在云端比划的符号,告诉我们这是显而易见的,这个静止的符号神秘地隐藏在诡谲的天空和万物之中。当人们靠近时，在车轮滚滚下它们变得平坦，形成一条直线，从损毁的符号中匿迹，从谜语中匿迹——一种形态仍然存在着，在我们身后、上方、周边、远方，那儿聚集着芸芸众生，这山梁从此只是流淌着瞬间的永恒。于是乎普天同庆。

现在历史学家明白自己永远迷失在《伯灵顿杂志》读者群的思路里了。然而与其感到遗憾、沮丧或者轻易就瞧不起自己，他一跃而起，面颊带笑，双拳紧握。“谢谢，”他叹息道，“我将思考这一切。”“谢谢，”语言学家回应，“我殷切地期待您。”“感谢，”历史学家接下来说（他曾经是个历史学家么？），“您用心看这幅画。”“哦，是的”，语言学家说。“我忘了一件事。未知的情感？也许您讲得有道理。但最打动我的，从我审视她以来，是我总体上发觉她相当平庸。为什么您选择的是她，而不是周围的几个，在圣像装饰屏上的？抑或是圣母玛利亚本人？因为她与您有些相像吗（更年轻一些的您，不是吗？）我常常这样想，自从我读了您的文章，认为绘画中的所有面孔都有可能表达的是一种未知的情感。莱昂纳多的圣安娜，举个例子说吧，她的微笑表达了什么？噢，相信我吧，老兄，这不那么简单。我们被环绕,被复制……”“谢谢您”,历史学家回答。此刻他在门前仰视着阳光。他每时每刻都沉浸在更加强烈的、新的喜悦之中。他自忖她到底是谁?到底想要什么?哦不,这是她难以用言语表达的。如同他感受到的,我胆敢这样写,一种命中注定于他陌生的情感。

我不知道自己是否有这个胆量,因为几个小时之后我终于放弃写这篇故事。整个下午甚至晚上,在去曼托瓦的火车里,我都在聚精会神地填补上午草稿中留下的空白部分。我想完成的是文章,各种细节文思泉涌,几乎像是我必须得完成这次经历一样。题目一目了然。在我所提及的作品中,素材是那么丰富,甚至可说是绰绰有余,我感觉自己几乎可以用婉转迂回的方式来讲述这个故事,迄今为止我还从未梦想过可以如此讲述我对意大利 15 世纪绘画奇特而深刻的认识。语言学家的谈话(恕我无知,我本以为人们对于古意大利方言会知之甚多)并没有增加我的恐惧。我需要做更多的研究,很奇怪我早干什么去了。关于地点或者那些不规则动词的起源,我很愿意从大量的专业书籍中找到答案,埃尔诺和梅耶给了我很多关于伊特鲁斯科词根的提示。但在我起先以为最容易的地方恰恰变得复杂起来：当我开始构思历史学家的面容时。他有多大年龄，住在什么地方？这些看上去次要的问题，三言两语就能回答，在故事里无足轻重，而在我看来，真正的主角是文字和图像。我在那些不恰当的细节与无谓的思索中艰难地摸索。在孩提时代，历史学家难道没有乘上南去的夜行火车么？他有没有一个女儿？他是否去过维耶尔宗[①]（这只是主题之一，但相当重要），在一个冬日的夜晚，一个雪夜，进行一场关于未知的情感的攀谈？我仿佛听见一个声音从寒冷中，从这场雪中传来。历史学家结束了他的谈话，一个学生接近他。“我名叫无名”，他对他说。接着他们一块说了很久的话，渐行渐远，消失在人群中，诸如此类。我写了一页又一页。如果说这个题材是复杂的，甚至越来越矛盾，但它的来源很快变得明晰。历史学家就是我本人，我所有的过去和所有的可能，所有的预见和未知都猛然浓缩在这个网络里。故事几乎是整整一本书。在把主要主题留给不可传递性、留给缄默的同时，我还必须串联千百种思路和

① 维耶尔宗（Vierzon），法国中部城市。

记忆，深刻而专注。举个例子，为了证实我在图片前的本能预感，我难道没有调动在意大利数月游历中的记忆，没有提及旅行者么？因为有这个想法，我必须去证实。简而言之，我动用了生存经验的无尽宝藏。最初的一些悸动在这夜行的列车上翻腾，令人迷惑，令人焦虑。

一眨眼的功夫，我在一阵冲动中撕毁了第二本笔记本。这时火车的速度减慢了，停了下来，如果此时我感受到的不是最初的喜悦，至少可以说是一种使我和诗歌原则之间原本困惑的关系变得更为明朗的智慧。动用脑海中的一个画面，就如同被蒙住了双眼——想象着在这连绵的、意义非凡的、令人费解的文字中驰骋——与此同时，在彼世的光照下，在虚空中，我预感到有葱郁的树木、鸟儿和真实的景观，整个世界豁然开朗。不，我自言自语道，我可不去写什么《未知的情感》。如果明天我又有了这个念头，明天我同样会摒弃它。因为这样做我就背弃了我所受的启示，我知道自己即使中了邪也不会那样做。大地就在那儿，存在这个词有某种含义。梦想也在那儿，并非为了席卷和摧毁前者，我在怀疑和骄傲的时候曾经这样认为：只要我赶跑它们，不是把它们记录下来而是去亲身经历它们，因为知道这是个梦，事情就变得简单，大地也会逐渐显现真容。在我保持开放的成长而不是封闭的文字中，这种幻影，这种相近的想法，如果说对我有意义的话，就像我以为的那样，就应该生根发芽、开花结果。在这道坎中远方先是蒸发了，尔后又重现，空虚的现世凝结成晶体。这样才有几句结束语熠熠闪光，如同平淡无奇的语言简洁透明，但那将是一切，是真理。

总而言之，我定下了第三篇题词，三年之后我把它置于一首新诗的开头。这首诗关于死亡，关于生存，以及两者之间的过渡。——现在只需用一句说明来结束这个章节，该章节的主题或者说最初的隐喻是意大利绘画。不管这一天我的未来如何（这个未来我很有必要去发难，去探究其起落），它至少预示着在希腊和威尼斯之间萦绕我的恐惧终结了，几乎从我的思想中消失。第二天，在曼托瓦——曼泰尼亚画展举行的地方，我清晰地听见了这句严肃的言语，其他几个人，诸如皮耶罗、贝里尼[1]（图 22）、

---

① 贝里尼（Bellini，1425—1516），意大利文艺复兴时期著名画家，威尼斯画派的奠基人。善于运用丰富的色彩来表现宁静柔和的世俗性人物，所画的许多圣母像已具有人文主义的倾向。作品有《圣母子》《诸神之宴》等。

图 22　贝里尼(1425—1516),《圣母子》,
1487 年,威尼斯,学院美术馆。

乔尔乔涅[①],从远处呼应着他。在他们交集的视野中展开了一片集结地,在铁血般的寂静中,我们抵达了真实。也正是在这场不断扩大的“神圣的争执”中,一个我听得

① 乔尔乔涅(Giorgione,1477—1510),著名的意大利威尼斯画派画家,师从乔凡尼·贝里尼,架上绘画的先行者。作品构图新颖,造型柔和,色彩具有丰富的明暗层次,人物与风景背景结合得自然得体,对提香及后代画家影响很大。作品有《圣母子》《暴风雨》等。

不真切或有意掩盖的声音提高了，它比任何人都更了解我的忧虑。以前，当我看到那些巴洛克大教堂时，我明白它们想要表达什么，只不过我认为有些模糊。巴洛克喜欢变形：我还期望别的什么呢，我接受了这种目光，这是艺术对邻人最坦率最真诚的目光。但是在这种转换虚无的意愿之极，有着地点的升华，不满足于作为中心的优势，而是作为一个普通的地方。此地，在"旅行者"时期，正中我寻找别处的下怀。为什么这凯旋的欢呼声，在这片人们呼喊着的地方，金子并没有在溪流里闪光，尽管溪流在普桑、在克洛德眼里泛着虹彩？为了另一个梦想，我保留了我对断壁残垣、对直耸入云的雕像的感受，无所顾忌地想象着别处有一个都城（在沙漠中，或者在高山上，在某个内陆海风云变幻的岸边），而由于我主要是在小小的意大利（图 23），限于一片层叠的土地，光线的微妙变化，屋梁拐角剥落的壁画，我并未在圣阿涅斯或圣皮埃尔久留，也未停滞在罗马，更别说忘却了圣-伊芙-德拉撒碧昂斯在云上的剪影。

白昼来临了，但是如我所预言，萦思消散了，意大利艺术的真迹显身了。在某一时刻，它曾使我疯狂，但时而又

图 23　埃德加・德加(1834—1917),
《老虎窗外的意大利风景一角》,
约 1856—1857 年,巴黎,个人收藏。

被质疑,被超越。实际上,是罗马,还有希腊时期,为威尼斯的这个清晨做了准备。至于贝尔尼尼[①]的建筑,最终告诉我说地点作为一种存在,我们所拥有的一切,是从虚无中锻造而来,仅仅依靠一种信仰,仿如人们通过梦境, 如此

---

① 贝尔尼尼(Gian Lorenzo Bernini,1598—1680),意大利雕塑家、建筑家和画家,被称为米开朗琪罗第二。他的艺术风格属典型的巴洛克风格,寻求运动、形状的扭曲、壮观和幻影的效果。

图24　尼古拉·普桑(1594—1665),《被拯救的摩西》,1647年,巴黎,卢浮宫。

轻而易举，如同神变成了人形……我驻足于17世纪的罗马仿佛在如今的戏院。诺斯替派的博罗米尼[①]，这位我精神上的邻居(当我在十字路口询问另一条路时)，关闭了梦的家园，迷失在迷宫里。与之相反，贝尔尼尼打开了它，从被接受的欲求中催生了生命。而普桑，集所有期望于一身，同时也聚集了所有的矛盾，选择了妥协、再现和奇迹，基于宇宙和精神的最后契约，普桑一直在寻找一种博学的音乐之匙，从数量转向源头的真实，他也是这个抓起一把泥土然后说这就是罗马的那个人。他沿着台伯河行走，春天涨潮的时候，幽深的河水粼粼闪光；河边的一位洗衣妇给她的孩子洗了澡，然后用手臂将他举起，他的眼睛也闪着光——普桑看到了，理解了，于是这位桂冠画家决心画他伟大的《被拯救的摩西》(*Moïse sauvé*)(图24)。

博尼约，1971年夏天

---

① 博罗米尼(Francesco Borromini，1599—1667)，意大利巴洛克风格的建筑家。圣卡洛教堂是他设计的第一个重要建筑物，运用了许多独特的新建筑语汇。比如它的立面，不是平面一块，而是呈波浪式凹凸起伏的曲面，好像随时都可被挤压、变形。这也是一种与雕塑手法结合的建筑，它将整座教堂看作是一件雕像，在设计时作了大胆的处理。

后　记

这几页为玛尔塔·唐泽利(Marta Donzelli)[1]而作,她希望在法文原作出版三十年后、意大利语版本终于问世之际,由我来重叙《隐匿的国度》中描述的事件:在发现之时,它们通常是意大利艺术在我身上唤起梦想的结果,尔后又使我悟到一些东西。——如今我承认想对此书做些补充。

---

① 《隐匿的国度》,唐泽利出版社,罗马,2004 年(意大利语版本由加布里埃尔·卡拉摩尔翻译)。——原注

一

《隐匿的国度》将在意大利问世。由于版权几经周折，几近官司边缘，导致从八十年代就开始准备的加布里埃尔·卡拉摩尔精美译作的出版被不断地推迟，直到这家我热爱的出版社终于拥有了将此书列入其出版目录的自由。

终于？我之所以用这个词，是因为在写作之时我无时无刻不在关注着读者，尤其是这些人中我最期待其异议和反响的几位。然而，《隐匿的国度》是引起我这种想法、这种欲望的一种沉思，因为它讲的是梦、光明，是孤独时光的艰辛。我知道，从下笔的第一个字就知晓，我期待的这些对话者中没有比说意大利语的人更重要的了。

当然，我的法语读者在我写这本书时也和其他人一样总出现在我脑海中，因为我试图提出的问题，以及我想驱除的貌似正确的答案，是以我的母语呈现出来的，如果不是被改变的话，它们会受到其漫长历史中的事件所影响。这些事件是一个作家——如果他还关注诗歌——试图通过其创作活动重现并复原的。但这些我所描述的幻象和思想范畴，或者我为了表述而展开的想象，在《隐匿的国度》中常常是以对意大利土地和文化的印象为基础的。在创作之初我还能有什么更强烈的欲求呢，如果不是要对我的意大利之旅，对这些称“隐匿的国度”为“腹地”或是“后方”的人们品头论足？这些自童年起就看到这片在锡耶纳和皮恩扎或蒙塔尔奇诺之间延伸的“忧郁的白垩纪山丘”的人们？而我只是很久以后，实在太久，才发现它，已然被我所谓的“诺斯”所困。

在《隐匿的国度》这本书里，写作的空间被一个谜一样的空间重叠，后一个很难定位，最远的边界在中亚的黄沙中，在远西(Extrême-Occident)的那些后院或模糊的城郊之界，那儿玻璃窗支离破碎，铁轨锈迹斑斑地躺在草丛中。但是，如同简单的既定现实对柏拉图主义的哲人而言是一个可理解的模型，它的不同部分让人看到连接它们之间的关联，同样，我所提到的这个空间，从印度到美洲，被一座高原所跨越，上面有无数条路，长久以来让我跟随意大利半岛，以它那已消失的方言，簇拥着古迹建筑，话语明朗而不可琢磨地让我想起一个源头，一个也许是我的地盘，我真正的归属，如若不是在这个奇特的星球上，它能满足我所有的祈愿，却又如此难解地令人失望。

从卡普拉亚的岩石到阿佩基奥或卡梅里诺的黄昏小路，从加纳·普拉西提阿[①]的陵墓到圣伊华堂[②]，或沿欧桑米歇尔[③]的高墙，到圣克里门蒂[④]的地下水声呜咽；从最开始，就有但丁的壮丽诗行到更近代一些的、别的也相当激动人心的莱奥帕尔迪[⑤]的诗行，意大利于我，在过往的经历或想象中，是一个充满诱惑的迷宫，一个智慧的课堂，一个奇妙应许的符号网络，我在这几页中就不再赘述，因为它只是一个以此为专题的书的前言。我满足于重述我从前——于 1959 年，即《隐匿的国度》问世十二多年前——在一首题为《虔诚》的诗中所写的那些词语，并

---

① 加纳·普拉西提阿（Galla Placidia，388—450），罗马帝国皇帝狄奥多西大帝的女儿，统治衰落的古罗马长达二十五年，她于 430 年在拉文纳建立了一座陵墓，内部为拜占庭式装饰风格。

② 圣伊华堂（Sant'Ivo alla Sapienza），罗马教堂，1642—1660 年建立，被认为是巴洛克建筑的典范。

③ 欧桑米歇尔（Orsanmichele），意大利佛罗伦萨的一座教堂。

④ 圣克里门蒂（San Clemente），位于锡耶纳。

⑤ 贾科莫·莱奥帕尔迪（Giacomo Leopardi，1798—1837），意大利诗人、作家、伦理学家和文献学家，19 世纪最伟大的意大利语诗人，浪漫主义的重要代表人物。

认定那时我就想要这样表述。

二

“在数字与黑夜之间我乌尔比诺[①]的住所”，在《虔诚》一诗中我这样写道，就像在装礼物的信封上写上一个名字表示感激：这一暗示和许多别的暗示一样——通常是在意大利的土地上，比如圣马尔塔达格里埃（Sainte Marthe d'aglié），或“奥尔特拉诺（Oltrarno）的冬天”——在我生命中占据了同等重要的地位。

而这个“乌尔比诺的住所”显然是一个隐喻，因我从未曾停留在这个《基督鞭笞》和《亵渎圣餐》面对的高贵宫殿附近，甚至我说是相抵的地方。但是隐喻是用来让我们发现那些概念性思维所偷走的东西的，在此简洁表述中有很多我与意大利的联系。

首先是黑夜的概念。我显然不是那些简单地视意大利为“乐土”的人：令人愉悦的峰峦，绮丽的河滨回应着一

① 乌尔比诺（Urbino），意大利中部马尔凯地区的一个市镇。

种真实、典雅而引人深思的生活艺术。太阳下的石头，人们沿着白路将其翻转，我知道非理性、幽幻、奇思的水洼在下面闪着幽光："黑暗"，意大利、伊特鲁里亚、古罗马的过去，因为这些通常荒蛮贫瘠的土地上尚未基督教化的当地习俗，从未如此被压抑在意大利的潜意识中，就像我们的高卢文化或前凯尔特文化在法国那样。最古老的恐慌，最短暂的视象，黑暗中的尖叫，甚至是在午时：我想，没错吧，在意大利意象中随处可见。当保罗·乌切诺创作《亵渎圣餐》时，确切说是生活的这个黑暗面：精神在此充满了"寂静之夜的漫步"，在空荡荡的厅堂中，在半掩的门前，人们念着奇怪的咒语驱散魔鬼，在身后撒着蚕豆。

但是在我称之为黑夜的内部，意大利语的国度打动和留住我的，是作品中数字的存在，是建筑物不同部分之间比例关系的精妙——或者，在画作中，在手臂和面孔的轮廓里——如同气球一样将形状从物质中分离提取，使精神挣脱这种让人以为是停滞在最幸福生活之中的痛苦。在很多地点我都有这种升华和解脱的感觉，从我第一次踏上意大利的土地起，那是在 1950 年，从佛罗伦萨车站出来时已是夜晚，我看到了圣母百花大教堂亮着的钟楼。无形之中蜂拥的数据，变得轻盈：刹那之间，何等地摄人心魄，何等地令人期许！这一刻起我感到自己踏上了征程。

尽管有可信的情感支撑，然而，这种期许确切意味着什么？这种数字之间的紧张关系，这种对称性，难道真的是这比例让我们从夜深处升起，是这滤网让眼睛不再被重重幽幻所侵扰？事实上数字也是我们的梦，数字只有和记忆、和受最普通的肉欲驱使的欲望组合在一起才能予人以美感，其和谐徒然地延伸，变得明晰，转化为一种似乎纯精神的优雅，暗中它又与潜意识相关，与日常存在的诡谲和幻梦相关。喜欢优雅钟楼的比例因而不足以让我超越黑夜，这种自发的黏着可以引发我更多的梦想；我这样做了，刻不容缓，迫不及待。我将形式的美以非理性的方式用于书中，这些思想的交汇，我管他们叫“诺斯”。正是在这些不严密的思辨空间中，意大利才成为“隐匿的国度”的一部分，成为我沉迷于此梦想的圣地。

但这多多少少是让我解脱的过往经历；提到“我乌尔比诺的住所”暗示了这种追寻。

乌尔比诺，这不仅仅是人们被保罗·乌切诺令人惊异的祭坛装饰画深深吸引的博物馆，这是皮耶罗·德拉·弗朗切斯卡艺术臻品的建筑宫殿。思考谁——如果真有那么一个——是这些数字的主宰，可以让我们更好地理解他为什么会如此完美地在形式中呈现了和谐；而只是一个梦、穿越了历史的柏拉图主义的不懈梦想的数字，居然能够挣脱梦境，在新的清醒经历中，对让这一奇观栩栩如生的祈求念念不忘。使它成为生存本来样子的一面镜子，而不是我们期待的样子：一种抵达真理的方式。

形式之美如何能避免不掉入欲望想象的陷阱？在15世纪，就是借助于“绘画中的透视法”，或更确切地说，借助于在它创立之初一些艺术家使用它的方式。伟大的托斯卡纳人于15世纪发明的透视法，天知道能否用于幻想、梦境与非真实：但这很快就实现了，矫饰主义将之呈现，而波洛米尼确认了它，之后大概是在意大利边境的德语国家，晚期巴洛克风格的许多方面亦对之有所运用。

然而，主要是作为一位建筑师，第一个大透视法家到底想要什么呢？如果不是街道、广场、纪念碑、城市的排列方式，让所有这些人类共同体的所在地可以定居，供人们在白昼进行交流活动，假若可以这样说的话？透视法在其本意中不太注意空间的抽象处理，而是重建人和其地点的关系——以及和他的身体的关系——这些长久以来被中世纪神学家们纯粹语言化的思想所禁锢的东西。它提示要从暗夜出来，并提供一种方法：它主要的贡献不是延展而是光线，那是在更理性的地方更清透地升起的白昼光线。这些夏日清晨的光线，世界似乎投入了它的怀抱。

所以如同我所谈到的，"新前景"的创建者们，他们是先驱，他们首先感觉自己是画家，然后体验到了他们作为画家的方式：感受到最清新的清晨，饱含露水的色彩，被凝结在人们所说的"明朗的绘画"中。在他们的建筑里，传出阿尔贝蒂所言深受哥特艺术影响的造作形式的"乐声"，那就是这种对中心建筑的强烈关注，深入其中我们就会看到，它们明确指示着世界中心即在此，在我们所在的地方：糅合了天与地。透视法，在这些战胜了拉丁十字架的穹顶下，重新攻占了此地和现今，用不可测的数字之路成就了有限性。

三

成就？不那么容易，尽管正如我提到的那些令人恐惧的“黑暗”艺术家们，乌切诺、波洛米尼、瓜里尼，想象又凯旋于依然理性的空间；正如我自己的梦让我相信的那样。在佛罗伦萨的乔斯托维尔德①，在这座阿尔贝蒂“出神入化”地运用数字于墙面的教堂附近，洪水的场面以“精神”的方式使用了透视法，并协同这两个永远的共谋：几何精神和幻象。而忧郁，这不可及的哀伤思念，也喜欢以它的方式热爱圆规和直尺，它在这片似乎宣告着有生时光之虚无和古代文明比我们的文明更具质感的废墟中裹挟着它们。

幸亏没影点让日光放得更远，直至天边（他相信在那儿汇集着永恒），这些建筑拔地而起变得是多么容易！它们不再属于现世，而是我们生存和去彼岸稀缺的空气中活出更高现实之方式的一个残延之梦！对空间的几何化便于构筑这个形而上的彼岸，如同摈弃一切虚无的现世。

---

① 乔斯托维尔德（Chiostro Verde），佛罗伦萨圣母百花大教堂的一部分，属于多米尼加教派。

哪怕要把此处打发的时间当成一个谜，因为它看重的是非时性，而把地球上的羁旅当做一场流亡，必须在白昼令人焦渴的迷宫中挣脱它。

透视法无疑是危险的，它让人强烈地联想到可能只是个诱饵的"彼处"；让情愿梦想而非活着的游人们联想到这样一些画面：透视法浸润了它的形状，它的样式，仿佛宣告着彼处存在，甚至不那么遥远，我们理应去相信，因为这些图画在现世的外饰中显示了它们神奇的面容。这些画中的男人们和女人们是人们会在当时的意大利遇见的，我们可以找寻那个地点，简简单单超验地，在一些地区——兴许远离大街，在这些画流传的时代还不知名——在这块马萨乔、布鲁内莱斯基、圣伽罗(San Gallo)等人坚定地劝诫人们信赖此处和现世的意大利土地上。我向这些诱惑投降了，这是我的这本小书数次提到的。

还是小心一些吧！正是对透视工具的这种运用带来的潜在危险催其成熟，这是通向我上文提及的几个建筑师和画家对世界和其周围生活的目光之路，带着感激，甚至可以说热烈的情感。

甚至不难理解为什么危险可以通向祝福之路，也不难理解如何在实践中利用透视法。用几何学家的方法接近表象世界，就必须设置日常行为使用的三个轴向，而有限性是其法则。但是这种空间展开的力量，我之前提到过，同样可以在欲念中的“彼处”构筑形而上意象的城堡，于是在艺术家的思维里，页面上直尺和圆规的同一作用点上重叠了行为和幻想，各自为政，滔滔不绝，让人思索它们各自的企盼和对真理的看法。

然而，那是一个非常具体的暗示，说来就来，提醒喜欢思考的人，思想上显而易见的东西其实并不容易理解。建筑家们挪动着石头，他知道它们的重量，知道它们对墙壁和屋梁的推力。这样才开始思索真实和只不过是暗影的东西；对不同于他的艺术家们而言有许多话要说，这一刻值得记住：劳作之手要决定是在彼处还是此处想象这个建筑、可能经常来访的人们，以及围绕着他们的天空的色彩和大地之路。

四

一言以蔽之，透视法是一个不同于其他方法的具体而全面的思考方法。这方面它堪称一个实验,也是一种解救,人们兴许最终会理解和接受。因为在我们每个人身上,哪怕以通常总是被压抑的方式,都有一种提供意义的欲望,甚至将存在和我们存在的地点,和与我们共享这个地点的那些男人们和女人们联系在一起?而这样一个机会,即以透视法作画——要么直接地,要么通过观众细致的观察——难道不是一个发掘内心深处这种被压抑的欲望和使它在画面中复活的机会吗?在只能是一幅图、一个幻象但却成为一种思想的情况下,一种对自我的找寻,已然成为和另一个人的盟约,让真实的人物赋予我们这个整体以含义。

15世纪以来的透视法无疑是一个实验,一个并非只有美学顾虑而更主要的是出于伦理、一个顾及好而不仅是美的实验。据此应当把那些我所列举的伟大艺术家们——而帕拉迪奥[①]会是另外一位,或者委罗内塞[②]——

---

① 帕拉迪奥(Andrea Palladio,1508—1580),意大利文艺复兴时期著名建筑师,著有《建筑四书》。

② 委罗内塞(Paolo Veronese,1528—1588),威尼斯画派中的现实主义大师。

首先看作是大哲人:智慧就是知道如何走出梦的困扰却并不拒绝孕育这个梦的热情和执着。

至于我,我从这一课学到了些什么?决不是真正的成熟,写《隐匿的国度》的这几年不是,之后也不是。我感觉尽管手握着直尺和圆规,我仍在犹豫。我知道,诗歌就是从作品的自我构筑中挣脱出来,把作品变为燃烧它们的火焰,首先要去爱,尤其爱火焰的光辉:但这种确信只是一条我永远停留在起点的路,而眼睛看着左边延伸出来的这条道,已然有夜魅的暗影:这条我沿着它穿越数千平庸地方的路,似乎通往某个远方的国度。

我没有下定任何决心,正因为如此我才仍然是作家,写作是堆积的木头,比不时从烟雾中冒出的火焰还高。但我弄明白了至少一两件事,在我眼里让梦中的意大利和一个完全真实的社会终于重叠在一起。换句话说,我明白了什么是伟大的艺术,而这个国家对此如此擅长。伟大的艺术?就是不忘记彼处的此处:时间,在这儿流逝的卑微时间,被那儿的幻象所包围,这非时性的影子。

伟大的艺术,当皮耶罗·德拉·弗兰切斯卡画圣瑟伯克洛(Borgo San Sepolcro)的《基督复活》,或乔凡尼·

贝里尼构思那不勒斯博物馆的《圣容图》，或卡拉瓦乔画《拉撒路的复活》时。在这些用画作打开想象的人们身边，这座坟墓，与其他许多人的伟大艺术一样，他们从自身中分离，泄气却仍勇往直前，并非没有波德莱尔称其所爱慕之美为“伟大伴侣”的这种痛苦。我又想起了波提切利，想起了他卓越的圣母像，慕尼黑的这幅。还有在佛罗伦萨雕刻“黑夜”的米开朗琪罗。这些作品，仍是梦——是图——是存在。但完成时有某种清醒，在其进展中出现了内部矛盾的迹象，如米开朗琪罗在“宁静的石头”的运用中，在包裹建筑的白昼的暖调中有一丝冷调，换句话说，是这白昼尽头夜的变身，无法抹去也无从去抹。意大利艺术在其顶峰时期本质上是这种清醒，这种自持。它教会我甄别，从这个意义上说，它是真正的价值所在，是真实的，尽管之前我对其地点用了虚幻的手法。

伊夫·博纳富瓦

2004 年 9 月

“轻与重”文丛(已出)

01	脆弱的幸福	[法] 茨维坦·托多罗夫 著	孙伟红 译
02	启蒙的精神	[法] 茨维坦·托多罗夫 著	马利红 译
03	日常生活颂歌	[法] 茨维坦·托多罗夫 著	曹丹红 译
04	爱的多重奏	[法] 阿兰·巴迪欧 著	邓　刚 译
05	镜中的忧郁	[瑞士] 让·斯塔罗宾斯基 著	郭宏安 译
06	古罗马的性与权力	[法] 保罗·韦纳 著	谢　强 译
07	梦想的权利	[法] 加斯东·巴什拉 著	杜小真　顾嘉琛 译
08	审美资本主义	[法] 奥利维耶·阿苏利 著	黄　琰 译
09	个体的颂歌	[法] 茨维坦·托多罗夫 著	苗　馨 译
10	当爱冲昏头	[德] H·柯依瑟尔　E·舒拉克 著	张存华 译
11	简单的思想	[法] 热拉尔·马瑟 著	黄　蓓 译
12	论移情问题	[德] 艾迪特·施泰因 著	张浩军 译
13	重返风景	[法] 卡特琳·古特 著	黄金菊 译
14	狄德罗与卢梭	[英] 玛丽安·霍布森 著	胡振明 译
15	走向绝对	[法] 茨维坦·托多罗夫 著	朱　静 译

16 古希腊人是否相信他们的神话

[法] 保罗・韦纳 著　　张 竝 译

17 图像的生与死　[法] 雷吉斯・德布雷 著

黄迅余 黄建华 译

18 自由的创造与理性的象征

[瑞士] 让・斯塔罗宾斯基 著

张 亘 夏 燕 译

19 伊西斯的面纱　[法] 皮埃尔・阿多 著　　张卜天 译

20 欲望的眩晕　[法] 奥利维耶・普里奥尔 著　　方尔平 译

21 谁，在我呼喊时　[法] 克洛德・穆沙 著　　李金佳 译

22 普鲁斯特的空间　[比利时] 乔治・普莱 著　　张新木 译

23 存在的遗骸　[意大利] 圣地亚哥・扎巴拉 著

吴闻仪 吴晓番 刘梁剑 译

24 艺术家的责任　[法] 让・克莱尔 著

赵苓岑 曹丹红 译

25 僭越的感觉/欲望之书

[法] 白兰达・卡诺纳 著　　袁筱一 译

26 极限体验与书写　[法] 菲利浦・索莱尔斯 著　　唐 珍 译

27 探求自由的古希腊　[法] 雅克利娜・德・罗米伊 著

张 竝 译

28 别忘记生活　[法] 皮埃尔・阿多 著　　孙圣英 译

图书在版编目(CIP)数据
隐匿的国度/(法)博纳富瓦著;杜蘅译.
--上海:华东师范大学出版社,2016
("轻与重"文丛)

ISBN 978-7-5675-5535-8

Ⅰ.①隐… Ⅱ.①博…②杜… Ⅲ.①散文集—法国—现代
Ⅳ.①I565.65

中国版本图书馆 CIP 数据核字(2016)第 198851 号

华东师范大学出版社六点分社
企划人 倪为国

轻与重文丛
隐匿的国度

主　　编　姜丹丹　何乏笔
著　　者　(法)伊夫·博纳富瓦
译　　者　杜　蘅
责任编辑　高建红
封面设计　姚　荣

出版发行　华东师范大学出版社
社　　址　上海市中山北路 3663 号　邮编　200062
网　　址　www.ecnupress.com.cn
电　　话　021-60821666　行政传真　021-62572105
客服电话　021-62865537
门市(邮购)电话　021-62869887
地　　址　上海市中山北路 3663 号华东师范大学校内先锋路口
网　　店　http://hdsdcbs.tmall.com

印 刷 者　上海中华商务联合印刷有限公司
开　　本　787×1092　1/32
印　　张　4.25
字　　数　50 千字
版　　次　2017 年 5 月第 1 版
印　　次　2018 年 6 月第 2 次
书　　号　ISBN 978-7-5675-5535-8/I·1573
定　　价　35.00 元

出 版 人　王　焰

L'ARRIÈRE-PAYS: augmenté d'une postface
By Yves BONNEFOY

上海市版权局著作权合同登记　图字:09-2012-003号